AU NOM DU FRÈRE

CÉDRIC ET DAMIEN BELTRAME
avec la collaboration de Marc Grinsztajn

AU NOM DU FRÈRE

BERNARD GRASSET
PARIS

Photos de couverture : Archives familiales.
Au dos, de gauche à droite, Damien, Cédric et Arnaud Beltrame.

ISBN 978-2-246-81883-0

INTRODUCTION

Une évidence universelle

Notre frère Arnaud Beltrame est mort en héros dans la nuit du 23 mars 2018.

Ce sont pour nous aujourd'hui une douzaine de mots indissociables. Cette phrase, on peut l'enrichir de détails supplémentaires, mais il est impossible d'en rien retrancher.

C'est dire que pour nous, ses deux frères, son cadet et son benjamin, sa mort en héros est un fait historique, au même titre que la date de son décès. « En héros » n'est pas plus un jugement que « dans la nuit du 23 mars », ou « à Carcassonne » si l'on voulait ajouter le lieu.

De même donc qu'on n'interprète pas une date ou un lieu, qu'on n'en discute pas, nous avons décidé de ne pas discuter de ce point, si subjectif en apparence.

Parce qu'Arnaud est aujourd'hui reconnu comme un héros universel. Dès sa mort, son geste a dépassé nos frontières nationales pour susciter admiration et respect à travers le monde. Du président américain, Donald Trump, au pape François, de nombreux dirigeants lui ont très vite rendu hommage.

Mais c'est en France, bien sûr, que l'émotion a déferlé, pareille au fleuve d'Apollinaire, qui « s'écoule et ne tarit pas ».

Dans un dossier du *Figaro Magazine*, le journaliste Vincent Nouzille est parti à la découverte de ceux qu'il a appelés la « génération Beltrame », ainsi que des centaines d'hommages et de célébrations qui fleurissent sans cesse dans l'Hexagone depuis la cérémonie voulue par Emmanuel Macron aux Invalides. De toutes les plaques à son nom régulièrement dévoilées. Une vague Beltrame d'autant plus importante que les guerres asymétriques et de petits périmètres n'ont pas leurs lieux de recueillement, comme les cimetières des grands conflits précédents, les musées, les édifices retirés à la vie commune pour être réservés à ce seul usage. En revanche, le Bataclan est rapidement redevenu un théâtre et l'on n'imagine pas la salle des coffres du Super U de Trèbes transformée en musée du 23 mars. Ces lieux de recueillement et de célébration, ce sont donc désormais cette myriade de lieux baptisés du nom de notre frère, et retirés ainsi en partie aux usages quotidiens, dans une sacralité républicaine et citoyenne.

Nous devons l'avouer, nous avons longtemps été réticents à écrire ce livre. Si nous avons finalement changé d'avis, c'est parce que nous avons compris devant cet élan que, désormais, Arnaud ne nous appartenait plus. Que son courage, qui nous honorait, nous obligeait aussi. Et qu'il nous fallait faire le don de ce qu'il nous a appris.

Tous ceux qui célèbrent ainsi Arnaud savent très bien ce qu'est un héros. Ils saisissent intuitivement que seul importe son acte, cette bifurcation d'un dixième de seconde qui laisse derrière elle les réductions psychologiques ou sociologiques qu'on voudrait pour explications. Mais notre frère nous lègue quand même une indication : jamais il ne s'est présenté à nous, ou à des tiers, comme « courageux ». Imaginez : « colonel courageux » ! Mais ce qu'il répétait sans cesse, non comme une certitude mais comme un objectif à ne jamais perdre de vue, c'était de nous tenir prêts. Non pas : « J'ai fait des tests, mes constantes sont bonnes, je me sens d'une humeur de héros ce matin. » Mais tout simplement : « Chaque jour, j'essaie de me tenir prêt. »

Son geste n'est pas pour nous un mystère insondable, ce livre ne tente donc pas de l'éclairer, et surtout pas de façon univoque. À l'image des plaques commémoratives dont nous parlions plus haut, il est un lieu de mémoire où hommage fraternel est rendu à un vivant. Il n'est pas consacré à notre vie sans lui, mais à ce que nous avons traversé avec lui, vivant. Car Arnaud ne nous parlait jamais de sa mort. Il n'avait que la vie en ligne de mire.

Nous aimerions finir par un philosophe, et une

phrase qui nous semble résumer à merveille ce qu'était la position de notre frère à ce sujet :

« L'homme libre ne pense à rien moins qu'à la mort, et la sagesse est une méditation non de la mort, mais de la vie. »

Arnaud, frangin, tu as été cet homme intensément libre et vivant, et nous aurions tellement aimé prolonger ta biographie jusqu'à ta retraite de héros.

1

Le grand frère

Arnaud n'adorait pas seulement les films de guerre, il aimait aussi beaucoup *Les Trois Frères*, la comédie des Inconnus que nous avions vue ensemble au cinéma, dans les années 1990, même si, déjà en prépa à Saint-Cyr, il ne pouvait en remâcher les répliques cultes, comme nous le faisions en permanence. Dans le film, Didier, Pascal et Bernard découvrent leur fraternité à la faveur d'un héritage et partent à la recherche des « cent patates » que leur a léguées leur mère. Évidemment, le sort de ces millions est plus important pour eux que leur nouvelle famille, et difficile de déterminer qui, des trois, est l'aîné, le cadet ou le benjamin.

Chez les Beltrame, en revanche, rien de plus facile. Nous vivions fraternellement depuis notre plus jeune âge, deux ans d'écart entre Arnaud et Cédric, huit années entre le plus âgé et le dernier-né, et c'est l'amour qui transparaît sur chacune des photos du trio, comme si le sourire de notre grand frère était contagieux. Nous

nous sommes aimés tout au long d'une enfance en rase campagne. Et les bagarres ou les séparations, les voyages ou les exils n'ont pas eu raison de notre fraternité. Pas plus, la tentation d'exercer un droit d'aînesse auquel n'ont jamais consenti les plus jeunes frères.

La maison de notre enfance, à Chalo-Saint-Mars, ne coûtait pas cent patates, mais s'est joué à cette occasion bien plus qu'une question d'argent : la place de notre père dans nos vies respectives, comme nous le racontons plus loin. Aucun différend ne pouvait être plus explosif, mais ni les éclats, ni les conversations brusquement interrompues n'ont entamé l'essentiel. Il est vrai qu'Arnaud n'a cessé d'embrasser des carrières ou des engagements qui, tous, mettaient la fraternité au cœur.

Pour lui, l'importance de ses frères de sang ne se réduisait nullement à sa seule famille biologique et à un sentiment exclusivement identitaire. Défendre ses frères de sang, c'était croire aussi, pour un soldat, à l'importance de ses frères d'armes. Et si ce soldat s'était converti au catholicisme, c'était pour affirmer avec saint Paul que les êtres humains seront tous « comme des frères ». En faisant également sien l'idéal maçonnique, qui magnifie la fraternité de la devise républicaine et accueille à son tour bien des frères dans ses temples.

J'ai très tôt été fier de mon grand frère, confie Cédric. Je me souviens qu'au collège, Christophe, un élève qui faisait deux têtes de plus qu'Arnaud, mettait des claques aux plus petits et passait son temps à le provoquer. Un jour, une bagarre a éclaté. En m'approchant du centre, je me suis rendu compte que Christophe avait le nez en sang et qu'il pleurait. Quand Arnaud est passé près de moi, je lui ai demandé ce qui venait de se passer. Il s'est contenté d'un simple : « Je l'ai eu. » Arnaud n'était pas un adepte de la violence gratuite. Mais il ne fallait pas lui chercher des noises, ni, surtout, s'en prendre aux plus faibles.

Il n'était encore qu'en troisième, mais, pour nous, cette attitude était déjà emblématique et pourrait se résumer ainsi : « J'avais peur, mais j'étais prêt à la riposte. » Notre frère n'a jamais rechigné à confier sa peur. Il considérait que celui qui ne connaît pas ce sentiment est un menteur ou un danger. En réalité, c'est un mot qu'il utilisait très peu, lui préférant « inquiétude » ou « appréhension ». Il redoutait de ne pas réussir, de ne pas être à la hauteur, pas l'acte lui-même. La façon dont il racontait ses sauts à l'EPIGN (Escadron parachutiste d'intervention de la Gendarmerie nationale) le montre bien. Il était parachuté dans des conditions extrêmes, pourtant le mot « peur » était absent de ses récits, où il décrivait plutôt des sensations, comme l'impact de ses rangers sur le sol. Il était conscient, bien sûr, que ces sauts étaient dangereux, qu'il pouvait se briser les membres, que les accidents graves étaient rares, mais presque toujours mortels, cependant seule comptait pour lui sa mission. S'il échouait, la mission pouvait échouer. Et pour réussir, il se concentrait totalement sur les paramètres au lieu de donner libre cours à ses émotions. Nous avons toujours été sûrs qu'en cas de danger, s'il était à nos côtés, Arnaud ne se défilerait pas et nous protégerait. Qu'il ne jouerait pas les bravaches avant de partir en courant. Et il n'a jamais trahi notre confiance.

J'ai bien d'autres exemples en tête, se remémore Cédric. Je me souviens d'une bagarre chez des amis que nous voyions tous les week-ends et dont nous étions très proches. Arnaud et moi étions en train de jouer, à notre habitude. Je ne sais plus pour quelle raison nous nous sommes battus dans le salon avec l'aîné de ces amis, mais, très énervé, il a disparu dans la cuisine avant de revenir avec un couteau. Le premier réflexe de mon frère a été de me rassurer : « Ne t'inquiète pas, frangin, nous sommes deux. » Puis, rapidement, il s'est avancé vers lui pour essayer de le calmer. Avec succès. Affaire classée.

Une autre fois, à Saclas, alors que nous habitions dans un logement de fonction de la petite école communale, une altercation aurait pu mal tourner. Un motard passait ses journées à gravir la butte qui s'élevait juste en face de la maison, sans se préoccuper du bruit et de la fumée. Arnaud, qui était alors inscrit au CNED (Centre national d'enseignement à distance) et préparait ses cours par correspondance, n'arrivait pas à se concentrer. Il m'a proposé de sortir avec lui pour essayer de raisonner le perturbateur. Dehors, très calme, il a fait signe au pilote de s'arrêter. J'étais certain qu'ensemble, nous pourrions gérer la situation et, à l'époque, j'étais déjà ceinture noire de taekwondo. Le motard a râlé, mais il est reparti. Ce n'était pas un sentiment de confiance inconditionnelle, mais je savais qu'en cas d'échange de coups, mon frère n'abandonnerait pas facilement.

Parce que l'affrontement physique était parfois inévitable. Comme au collège, où un élève plus âgé s'en était pris à moi, balançant mon sac par terre ou m'obligeant à manger de la neige. Là encore, Arnaud ne m'a pas laissé seul. Il a demandé à mon agresseur de ne plus me toucher. Ce dernier s'est aussitôt exécuté. Car, si Arnaud avait une capacité de persuasion hors du commun, il était aussi, à lui seul, une solide force de dissuasion. Dans ce cas, il ne s'en remettait pas seulement à la puissance de sa parole. Sa détermination paisible faisait le reste. Même quand il n'était pas en première ligne, il continuait de veiller sur nous. Comme la nuit où un homme a surgi en voiture à Saclas, devant chez nous, alors que je venais de rentrer avec un ami de la fête du village qui se déroulait tout près. La situation était tendue : « Qu'est-ce que tu fais avec ma copine ? » J'avais vite compris que sa copine était la jeune femme avec laquelle je venais de partager plusieurs danses. Il était 3 heures du matin, mon camarade voulait sortir son couteau papillon, mais je l'en avais dissuadé pour éviter l'escalade.

J'essayais de raisonner l'excité qui, posté dans la rue, tapait sur notre portail. Je savais qu'Arnaud était sorti au milieu de la nuit, qu'il se tenait dans la cour, juste derrière moi, prêt à intervenir. L'homme a fini par repartir, ma cavalière n'était pas sa compagne, juste une amie, et Arnaud a appris plus tard qu'il s'agissait en fait d'un malfrat.

Il a plus rarement prêté main-forte à Damien, en raison de la différence d'âge plus importante. Mais s'il ne faisait pas le coup de poing pour le défendre, il veillait sur son jeune frère et savait le protéger des mauvais rêves et des monstres nocturnes. Comme à Chalo lorsque, enfant, Damien dormait dans une chambre qui donnait sur une forêt touffue et sombre.

Depuis « Thriller », le clip de Michael Jackson, il redoutait que, à la tombée de la nuit, ne sorte de l'obscurité un loup-garou affamé. Avant, Damien n'avait peur ni de la forêt ni de l'obscurité, mais les métamorphoses du chanteur l'avaient terrorisé. Couché à 20 h 30, il ne s'endormait jamais avant 23 heures. À cette époque, Arnaud travaillait énormément dans sa chambre, mais il prenait toujours le temps d'une visite pendant les heures d'insomnie du benjamin. Parfois, se rappelle Damien, nous restions à discuter dans le noir, d'autres fois il allumait la lumière pour que nous puissions jouer à « Max, l'as des glaces ». C'était un jeu de notre invention, inspiré par le lion fétiche d'une grande marque d'esquimaux. Accroché au mur, juste à droite de mon lit, un poster publicitaire représentait le lion dans une vingtaine de situations. À chaque question de mon grand frère, je devais désigner le bon : « Trouve-moi un Max rouge », « Trouve-moi une liane verte »... Le soir, Arnaud n'était pas le même que lors de la journée, où il apparaissait plus dur, plus sévère. Il restait le temps nécessaire, parfois jusqu'à 1 heure du matin, et ne partait que lorsque j'avais retrouvé mon calme ou le sommeil.

Arnaud s'était particulièrement rapproché de Damien après un terrible accident de vélo.

Le 30 mai 2003, lors d'une balade avec Cédric et deux de nos cousins, j'ai fait une chute de vélo très grave, se souvient Damien. Mon visage a percuté le sol à plus de 30 km/h. Je n'ai pas perdu connaissance mais j'ai mis au moins dix minutes à me rendre compte de ce qu'il se passait. Johann et Manu sont partis en courant pour alerter les secours. Cédric avait eu le réflexe de me tenir la mâchoire, qui pendait à moitié sur un côté alors que de gros morceaux d'os et cinq dents avaient sauté. J'avais une triple fracture du nez et les gravats de la route m'avaient profondément entaillé le visage à plusieurs endroits. Impossible de parler (je croyais m'être coupé la langue), je devais écrire. Au moment de l'accident, Arnaud était à une heure de route. Il est arrivé juste avant l'opération. « Est-ce que c'est grave ? – Oui, frangin, c'est assez grave. Mais ça va bien se passer. On est là. » J'ai senti que mes yeux se fermaient. Quand je les ai rouverts, Arnaud était toujours là et ses paroles m'ont porté pendant les moments difficiles qui ont suivi. Mes amis et mes cousins ne m'ont jamais caché la gravité de la situation, mais c'était, à chaque fois, pour terminer sur un tableau idyllique : on allait me refaire entièrement le visage et je serais encore plus beau après. Au fond, quelle chance j'avais ! Malheureusement, je n'avais pas envie de rigolade. Juste de compassion. Arnaud, lui, l'avait compris : « Tu ne seras pas comme avant, c'est clair. Mais j'ai parlé avec le chirurgien. On va te rapiécer. Et tu es entre les mains d'une super équipe médicale. » J'ai passé quatre jours en réa, bourré de morphine, ce qui explique que mes souvenirs soient aussi flous… Très peu de temps après ma sortie du bloc, Arnaud m'a mis en garde contre ce qui risquait de m'arriver, sans rien embellir : « Moralement, tu vas être au fond du trou. C'est pourquoi il faut t'accrocher à quelque chose. Première solution, la religion. Je sais que ce n'est pas ton truc. Mais croire en quelque chose de supérieur donne de l'énergie. J'en ai parfois fait l'expérience. Deuxième solution, la croyance en certaines forces, comme le druidisme ou le magnétisme. Elle aussi m'a beaucoup aidé. Nous, les Beltrame, nous possédons quelque chose de spécial, une force en nous justement. Je sais que tu l'as aussi. Dernière solution : l'autoprogrammation mentale, conditionner ton esprit à la réussite. » J'avais beaucoup de temps pour gamberger. Arnaud savait que si l'on n'occupe pas son cerveau dans ces circonstances, on devient fou. Il savait aussi que j'étais passionné par la mythologie viking et il m'a donc offert deux livres sur ce sujet. L'un était écrit par un vénérable historien, mais l'autre, plus léger, offrait une chronologie largement illustrée. Et de la même façon que, avant ses concours, il ne se disait pas chaque soir « je vais réussir le concours », mais « je réussis le concours, je suis Arnaud, je suis fort », il m'a appris à me répéter « je suis en train de guérir » plutôt que « je vais guérir ». J'ai passé quinze jours à l'hôpital. Quand il ne pouvait pas venir me voir, Arnaud me téléphonait. Même s'il n'était pas là tous les jours, sa présence était essentielle. J'avais pourtant des amis plus assidus, mais il avait une appréhension si singulière des événements. Différente de Cédric, par exemple, qui avait dû s'absenter, mais qui, lui, m'aurait apporté des DVD. Les semaines qui ont suivi ont été rudes. Mes cousins me faisaient rire sans le vouloir alors que rire m'était interdit, provoquant douleurs et saignements. Interdits également les aliments solides et le soleil. Arnaud était très attentif et respectait scrupuleusement les consignes des médecins. La reconstruction faciale est née avec la Première Guerre mondiale et il évoquait parfois les fameuses « gueules cassées ». Le hasard des dates m'obsédait : « J'ai beaucoup de chance d'avoir eu mon accident en 2003. En 1914, à quoi aurais-je ressemblé ? » Quand je repense à cette période, je revois nos marches en forêt, à l'hôpital déjà, puis à Trédion, tout près, chez notre mère. C'est pendant l'une de ces promenades, un mois et demi après ma chute environ, que j'ai retrouvé cinq dents, quatre incisives et une canine, et un bout de mâchoire sur le chemin. Et je revois mon frangin, tel un saint-bernard, avec, autour du cou, un tonnelet de mots qui était le fruit de toutes ses expériences. Quand il rencontrait quelqu'un qui allait mal, Arnaud n'avait pas le choix : il devait l'aider. J'ai fini par sortir de l'hôpital mais je n'étais qu'au début d'un long parcours. À chaque étape, l'appui d'Arnaud a été décisif.

Pour notre frère, le renoncement n'était pas une solution. Pas plus après un accident que lors d'une mission. Cet impératif militaire avait aussi une version ludique, mais qui pouvait mal tourner : Arnaud se montrait souvent très mauvais perdant.

En Bretagne, avec nos cousins, nous avions nos jeux de société préférés, La Bonne Paye, Wild Life ou le Monopoly, se remémore Cédric. Si je gagnais ou si je refusais de jouer, Arnaud me tombait souvent dessus et, parfois, nous nous battions. À chaque fois, en tout cas, c'était des chamailleries. Un jour, je me suis cassé un doigt dans l'une de nos bagarres. Nous étions chez des amis, dans les Vosges, et je n'ai pas pu faire de ski de toutes les vacances. Au retour, pendant plusieurs semaines, j'ai dû aller à l'école avec un sac plastique autour de la main pour protéger mon doigt. Une autre fois, j'ai arboré un coquard qui intriguait tous mes copains. Quand ils ont appris qu'Arnaud en était responsable, ils ont pris mon frère entre quatre yeux. Arnaud était d'ailleurs très mécontent que j'aie vendu la mèche. Le problème, c'est que j'étais assez fort pour relever la tête, assez endurant pour résister, mais pas assez pour l'emporter. Mon père me demandait pourquoi je ne me défendais pas mieux. Mais, en attendant, il nous gratifiait tous les deux d'une gifle en guise de punition. C'est d'abord pour me protéger que je me suis mis aux arts martiaux. J'ai commencé la boxe française avec Arnaud, et cela nous a permis de vider certaines querelles de façon plus sportive. Plus tard, il a témoigné sa fierté devant mon niveau en taekwondo, et je dois avouer que nos bagarres ont affûté en moi des réflexes combatifs. Je me suis retrouvé parfois dans des situations délicates, mais je n'ai jamais hésité à aller au combat. Je n'ai jamais eu peur de prendre des coups et d'en donner. Avec mon ami Sébastien, lors d'un été dans le Sud, nous avons un jour mis en fuite un groupe de petites frappes en large supériorité numérique. Et puis nous sommes repartis pour éviter une escalade. Je porte encore quelques stigmates de cette journée, mais Arnaud était fier de moi.

Damien : « Parfois, la bienveillance d'Arnaud à mon égard laissait place à un comportement plus coercitif, comme le retour à une époque où les méthodes d'apprentissage ne négligeaient pas la contrainte physique. Lorsque je séchais sur mes exercices de mathématique, matière à laquelle j'étais réfractaire, Arnaud et mon père avaient tendance à préférer le bâton à la carotte, et je me prenais régulièrement des gifles. Finalement, l'exercice a été profitable, car je sais maintenant comment obtenir d'un enfant qu'il déteste quelque chose au plus haut point. »

Le grand frère attentif pouvait se transformer parfois en grand frère autoritaire, assuré des prérogatives que lui conférait son statut d'aîné. Damien en a fait l'expérience à plusieurs reprises, notamment lorsqu'il habitait chez Arnaud, dans l'appartement que notre frère, alors capitaine de la garde républicaine, occupait à Nanterre, caserne Rathelot : « J'avais invité à dormir deux amis, Aymeric et Christopher, amateur de musique metal aux longs cheveux blonds. Arnaud me répétait que j'étais ici chez moi, j'ai donc fait comme chez moi. À son réveil, il nous a découverts allongés dans le salon, en train de savourer *Terrain miné*, film culte de

Steven Seagal, aux dialogues légendaires. Et c'est le militaire un peu raide qui s'est exprimé : "Ça va les gars, tout se passe bien ?" Un peu après, nous avons reparlé de cet épisode. Je considérais qu'il n'avait aucun reproche à me faire. "Il valait mieux qu'ils dorment dans le salon plutôt que de repartir au milieu de la nuit. Et puis, je te rappelle que je suis chez moi aussi, comme tu me l'as expliqué." Quelques semaines plus tard, nous avons mangé avec Cédric, Maria, l'amie d'Arnaud à cette époque, et Aymeric, qu'il a trouvé formidable. Disons que je suis toujours resté pour lui le petit frère. Il trouvait plus légitimes les conseils de Cédric que les miens, à l'exception des domaines où mon expérience était incontestable, comme en informatique. Depuis mon enfance, il avait tendance à m'infantiliser et il ne s'en est jamais dépris. Même quand je suis devenu adulte. Avec mon premier salaire, j'aurais pu louer facilement un appartement. Pourtant, il se comportait là encore en aîné péremptoire. J'avais beau lui démontrer que je n'aurais aucun mal à m'assumer tout seul, il n'en démordait pas : "Heureusement que je suis là." Je supportais assez mal ce trait de caractère. Je déteste qu'on me donne des ordres, et encore plus que mes frères veuillent décider pour moi. La dernière fois que nous nous sommes parlé au téléphone, il est vrai au sujet des affaires de notre père, sujet des plus sensibles, Arnaud a recommencé : "Je suis l'aîné, c'est moi qui décide." Je lui ai raccroché au nez. En général, après s'être emporté, il s'excusait. J'ignorais que c'était la dernière fois que je lui parlais, et je regrette cette occasion manquée. Mais je n'ai pas oublié qu'à Nanterre, après trois ou quatre mois de cohabitation, j'avais voulu m'émanciper. Un soir, nous nous étions sérieusement accrochés. Pourtant, le lendemain, j'ai retrouvé le grand frère que j'aimais. Si fraternel en effet : "Tu es ici chez toi, tu restes autant que tu veux. J'ai besoin que nous soyons ensemble à la maison. Vraiment besoin que tu sois là." »

Arnaud se sentait totalement investi de la mission de nous aider. Ce qui pouvait susciter ces réactions autoritaires. Car il s'agissait en partie d'une volonté de réparation.

Quand l'ami de maman, Daniel, est décédé, se souvient Cédric, elle a perdu le logement de fonction de Saclas. Nicolle a passé six mois chez la mère de mon ancienne petite amie, puis s'est installée en Bretagne. Elle n'avait pour vivre qu'une toute petite retraite, que je complétais. Ma contribution représentait une part substantielle de mes premiers salaires, mais c'était pour moi un devoir. Tout comme d'aider Damien à finir ses études. Il s'était retrouvé sans solutions après son bac, alors qu'il s'installait en Bretagne, et j'ai pris en charge son inscription dans une école privée. Arnaud ne se rendait compte de rien. Plus tard, il s'est étonné auprès de notre mère. Pourquoi ne l'avait-elle pas sollicité ? « Je n'ai rien demandé à Cédric non plus, il a répondu présent quand même. » Je crois qu'Arnaud a voulu se rattraper avec nous. Qu'il voulait nous faire comprendre que, lui aussi, désormais, il était là. Quand je suis revenu de Dubaï, j'étais en mauvaise posture, il m'a accueilli sans hésitation. Notre mère a toujours été bien sûr au cœur de nos conversations. Il y a quelques années, nous nous demandions comment lui constituer un petit capital. Cette fois-ci, c'est Arnaud qui a fait le nécessaire.

Il était difficile de le faire changer d'avis au sujet d'un projet immobilier ou d'une évolution professionnelle. Nous n'y sommes parvenus qu'une fois, à propos de la maison familiale de Chalo. Nous voulions la vendre, il s'est finalement rangé à notre décision. Pour vendre, il fallait l'accord de tous. Comme Damien l'a souvent exprimé, les problèmes commençaient quand nous étions à égalité. Il est vrai que, dans les cas assez rares où il jugeait notre expertise digne de foi, il pouvait nous solliciter. La plupart du temps cependant, il suivait ses plans. Après son deuxième échec à l'École de guerre, il avait envisagé plusieurs solutions alternatives pour atteindre son objectif, qui n'avait pas varié d'un iota : être un jour général. Parmi ces projets figurait un MBA. C'était la voie qu'avait choisie Cédric, Arnaud lui avait donc demandé un avis et posé des questions sur les matières enseignées. C'est parce que Cédric jouait au tennis qu'Arnaud s'y est mis au collège, de même pour la boxe française. À l'inverse, Cédric a échappé au metal et au krav-maga (pas Damien), mais nous sommes demeurés tous deux totalement imperméables au catholicisme, à la maçonnerie et au culte de l'armée.

2

Jeux de guerre

Quand Arnaud est né, en 1973, le service militaire avait encore quelques années devant soi. Mais la conscription, l'armée des citoyens, était déjà en débat. Il a cependant fallu attendre février 1996 pour que le président Chirac dessine la réforme à venir : abandon du service militaire obligatoire et passage à l'armée de métier. « Le service militaire a été créé en 1905, à une époque où il fallait des poitrines à opposer à d'autres poitrines – si j'ose dire – face à un danger extérieur. » Et le chef des armées ajoutait que « cette époque est entièrement révolue ». L'année suivante, le service militaire était suspendu pour tous les Français nés après le 31 décembre 1978. Au fond, la conscription n'aura été qu'un intermède relativement bref entre les armées de soldats professionnels. Il n'est pas sûr que la vocation militaire du citoyen soldat défendant son pays et ses libertés soit beaucoup plus affirmée que celle du soldat de métier. L'armée de la nation, quand ses objectifs sont atteints, regagne ses pénates et chacun reprend le cours de son existence interrompue. Les militaires de carrière aussi, mais l'armée est leur maison, leur gagne-pain et parfois leur raison de vivre, et ils n'ont pas à renouer avec une vie différente. Seules ont changé son intensité et la nature des risques.

Notre frère était pourtant résolument opposé à la fin du service militaire. Il considérait que l'armée transmet le sens de l'effort, des valeurs d'entraide et de solidarité, qu'on peut, plus prosaïquement, y apprendre des gestes et des techniques, voire un métier, et pas seulement y passer son permis de conduire. Il nous parlait parfois de la journée nationale qui l'a remplacé. Il n'était plus question alors de vertus combattantes, mais d'intégration, tout simplement. Arnaud pouvait se retrouver au milieu de jeunes analphabètes totalement indifférents ou hostiles aux propos de l'officier qui les accueillait. « Intégration », parce que toutes les couches de la société étaient présentes, et pas seulement des lycéens et des étudiants. Un jeune campagnard, un garçon difficile mais rentré dans le rang, un gosse de riche et une majorité de gamins ordinaires. Un an de service militaire pouvait, selon lui, favoriser cette mixité nécessaire. Évidemment, le service n'était pas tout pour lui. Il s'inquiétait de la réduction du budget des armées et des effectifs. « La France s'étiole, avertissait-il. Les gens ne se rendent pas compte. » Il était sûr qu'un jour un événement dramatique aurait lieu. En Russie, en Chine, dans les Balkans. Que la France ne devait pas relâcher sa garde. Même s'il considérait que nos soldats français étaient de « bons gars », qui s'entraînaient dur. Nous comparions souvent le niveau des armées. Pour Arnaud, les forces américaines avaient souffert d'un déclin marqué après le Vietnam, mais les Marines avaient retrouvé leur meilleur avant la guerre du Golfe. Dans un état de veille militaire permanente, il comparait les SEAL aux Bérets rouges ou verts, mais c'est sans aucun doute la Légion étrangère qui lui semblait la plus investie et efficace.

Nous répondions que nous étions en paix, mais il n'en démordait pas.

« Non, nous ne sommes pas en paix. Regardez la France en 40. Tout a basculé rapidement, en quelques semaines.

— Mais la situation a changé, aujourd'hui, entre nations, nous nous parlons.

— Non, rien n'a vraiment changé. Le risque est toujours présent. Beaucoup de pays sont biberonnés à la haine. Tout peut basculer. »

Et parce que tout pouvait arriver, son leitmotiv était que, à nouveau, nous devions être prêts.

Après sa visite de Singapour pour le mariage de Cédric, en 2012, il défendait ainsi la politique de l'île en la matière. Deux ans de service militaire, puis l'obligation d'être réserviste jusqu'à 40 ans. Tout comme les strictes obligations militaires dont le jeune citoyen israélien, fille ou garçon, est tributaire. Désormais de trente-deux mois pour les hommes, et de vingt-quatre pour les femmes. Sans compter la période de réserve annuelle obligatoire, c'est-à-dire les quelques semaines que chaque ancien soldat est tenu de passer au sein d'une unité combattante, jusqu'à l'âge de 40 ans, ainsi qu'à Singapour. Si, au cours du service militaire, l'apprentissage du combat est prépondérant, la volonté d'intégration des nouveaux arrivants qu'on mêle aux Sabras, les jeunes gens nés en Israël, est également importante. Arnaud pensait que, en France, le service militaire pouvait jouer un double rôle, à la fois défensif et social. Et comme Singapour et Israël, qui ne sont pas par hasard deux tout petits pays passés près de l'anéantissement, il nous appelait sans relâche à la vigilance.

Quelques jours après l'assassinat de son fils aîné, notre mère a évoqué à la télévision la conception qu'Arnaud se faisait de l'armée : « Je partirai du principe que c'était son métier [...] Il était en pleine action de par son travail. Il était formé pour ça. » Arnaud avait une claire conscience de ses qualités, mais il était tout sauf prétentieux. S'il pouvait parler de sa passion comme d'une activité professionnelle, une « carrière », un « métier » ou un « travail », plutôt que comme d'une vocation, c'est sans doute parce que ce mot lui aurait semblé immodeste. Mais c'était bien une vocation pour l'armée qu'il avait éprouvée très tôt. Au début encore vague, une passion sans buts, puis confortée par notre grand-père, et bientôt, à l'adolescence, devenue irrésistible. Dès la seconde, c'est sûr, Arnaud ne rêvait plus que de Saint-Cyr. À la fois de la « corniche » du lycée militaire, sa prépa, et de la prestigieuse École spéciale militaire, que les meilleurs intégraient après deux ans de classes préparatoires.

Son idéal était de servir, de défendre sa patrie et d'être un bouclier pour ses concitoyens. Mais il y avait une autre raison à son apologie du métier : militaire-né, qui souhaitait exercer sa mission vingt-quatre heures sur vingt-quatre, de jour comme de nuit, il savait aussi que toute vocation doit nécessairement s'inscrire dans une filière. Sinon, elle risque d'être inefficace, faute de maîtriser les techniques de la guerre ou du maintien de l'ordre. Pour celui qui, comme Arnaud, voulait répondre à cet appel aux origines mystérieuses, l'idéal ne s'effaçait pas derrière les exigences de la professionnalisation.

Un gendarme qui aurait embrassé cette carrière après un diplôme de droit, pour parfaire ses compétences informatiques, apprendre à conduire des véhicules blindés et passer un mémoire de criminologie, grimperait peut-être les échelons tout en réussissant à préserver la confortable distance de celui qui a décidé que son métier n'était pas sa vie. Après tout, d'autres deviennent universitaires, avocats, magistrats. Ils se demandent parfois s'ils sont à leur place et n'excluent pas de bifurquer plus tard. On peut être aussi un gendarme qui compte ses heures, qui n'est pas habité par l'idée du service commandé et être un bon gendarme. Oui, bien sûr. Mais ce n'était pas le cas d'Arnaud : l'armée était à la fois son idéal et son métier, il était un grand soldat bien avant son geste.

De ce lien indéfectible entre raison de vivre et métier, notre mère a très vite été consciente : c'est parce qu'elle savait que notre frère n'envisageait aucune autre carrière, qu'il ne serait jamais de ces militaires qui prennent une retraite précoce pour faire fructifier leurs compétences dans un autre métier, une autre « branche », comme l'on dit, qu'elle a pris sur elle et tu les violences de notre père. Elle redoutait qu'il ne soit condamné, qu'il aille en prison et que cette tache sur l'honneur des Beltrame ne nuise à la carrière d'Arnaud et à son ambition : accéder un jour au grade de général.

Aucun de nous n'a oublié le premier jour où notre frère aîné est revenu de Saint-Cyr-l'École, la ville des Yvelines où est installé le lycée. Il avait 18 ans. Damien, qui n'en avait que 10, avait tant de questions, parfois idiotes, à lui poser.

« Tu as tiré avec des armes ?

— Pas encore.

— Mais quand pars-tu en mission ? »

Il lui répondait en souriant, lui tapotait la tête en l'appelant « petit frère ». Un souvenir indélébile…

Arnaud était en habits civils, mais il avait son uniforme avec lui. Devant notre insistance, il l'a enfilé pour que nous puissions faire des photos. Ce vendredi, nous avons tous dîné ensemble. Arnaud était radieux, il aimait ces réunions familiales, il aimait que tout soit en ordre et apaisé, son côté « tradi » s'imposait déjà. Pendant un an et demi, il est revenu chaque week-end. Et même aux pires moments de violence paternelle, nous conformant aux désirs de notre mère, nous n'avons jamais rien laissé paraître. Toutes les conversations étaient consacrées à sa vie à Saint-Cyr. Arnaud, heureusement, ne manquait pas d'anecdotes. Aujourd'hui, en évoquant ces moments très heureux, nous ressentons parfois un regret : celui de n'avoir pas rendu plus souvent visite à notre aîné à Saint-Cyr, celui de ne pas l'avoir saisi dans son élément. Un seul bal des Cadets pour la famille au grand complet, et quelques incursions pour Cédric, quand il raccompagnait notre frère ou venait le chercher. Trop peu. D'autant qu'au lycée, la discipline n'interdisait pas le jeu et la fête. Arnaud nous parlait des batailles de polochons dans le dortoir (une dent cassée !), des verres de vin bien remplis, de ce fameux bal des Cadets, des leçons de rock entre copains. Il ne ressentait aucune frustration : tout ce dont un adolescent ordinaire pouvait rêver, il le trouvait aussi à Saint-Cyr, dans les moments de détente que ménageaient l'internat et la vie militaire. Il était donc totalement épanoui.

Aussi loin que nous remontions, notre grand frère a toujours joué à la guerre, et nous avons été tour à tour ses hommes, ses alliés, ses adversaires. Il transformait tout en jeu, et chaque jeu en jeu de guerre ou d'infiltration. À Chalo, nous vivions à l'orée de la forêt. D'un point un peu plus élevé, nous dominions un haras installé dans une carrière. Après nous être camouflé le visage avec de la terre, nous devions nous cacher derrière un arbre, qui servait de poste d'observation. Mais il nous fallait d'abord ramper sur une dizaine de mètres où nous étions exposés, puis, arrivés à couvert, repérer tous les mouvements, avec les heures correspondantes. Parfois, nous partions de l'autre côté pour explorer une zone inconnue et nous n'hésitions pas à franchir les barbelés qui nous barraient la route. Même quand il n'y avait rien à découvrir, l'aventure était excitante. Parfois, notre frère partait seul, comme en Corse, le jour où il a repéré une colline sur laquelle était plantée une croix. Il voulait en savoir plus et il est monté avec son sac. Quand nous étions réunis pour nous amuser, ce n'était pas avec des jeux d'enfants. Nous avions par exemple trouvé un talus qui permettait d'accrocher une corde, pour bricoler une tyrolienne, mais l'exercice était dangereux. Surtout pour Damien, encore petit, qui avait beaucoup de mal à y grimper. Rien à voir avec la balançoire que des gamins installent entre deux arbres : nous n'avions pas le choix, il fallait monter.

Nous lancions des pétards, parfois dans des bouteilles. Arnaud, qui adorait faire des expériences, était très attentif. Il se demandait quel pétard choisir pour qu'une bouteille explose. Il mesurait la puissance de l'explosion pour chaque type. Mais il se montrait intraitable sur les règles de sécurité. Nous devions être allongés, à distance, protégés par un talus. Dès qu'il avait allumé la mèche, il courait se mettre à l'abri, puis il sortait la tête pour constater les dégâts. Arnaud n'était pas fasciné par les ravages de ces petits explosifs. Il n'était pas attiré par la destruction, mais c'était un expérimentateur-né. Une fois, il a confectionné une grenade shrapnel. Il a entouré un assez gros pétard de petits bouts de bois, de scotch, de sopalin, puis de morceaux de pommes de pin. Il s'agissait à nouveau de mesurer les effets de son bricolage.

En Bretagne, nous passions autant de temps dans les marais qu'à la plage. Avec Arnaud, Damien chassait les ragondins, construisait des cabanes. Comme nous n'avions pas d'épuisette, Damien essayait de capturer à la main d'énormes grenouilles. Arnaud lui montrait comment arriver tout doucement, par-derrière.

À la maison, Arnaud vivait au milieu de ses boîtes de petits soldats en plastique, ces célèbres figurines miniatures qui ont accompagné l'enfance de tant de gamins. Une couleur par armée, des dizaines de soldats par boîte, des régiments célèbres. Toutes les armées du monde. Arnaud les alignait soigneusement sans jamais les mélanger. Il avait la passion des batailles en réduction.

Il avait été extrêmement influencé par les récits que Georges, notre grand-père paternel, nous faisait de l'Indochine. Ce dernier nous racontait par exemple qu'un de ses hommes, en opération, avait voulu se baigner dans un point d'eau. Mon grand-père lui avait ordonné d'attendre et avait jeté une grenade dans la mare. Peu après, un ventre blanc était remonté à la surface : un énorme crocodile. Nous aimions sa façon de nous raconter sa guerre. Mais, pour Arnaud, nous sentions qu'il s'agissait de tout autre chose : la vie dont il rêvait. D'ailleurs, il n'hésitait pas à prendre des notes en écoutant ces histoires héroïques. À l'inverse, Georges avait très tôt deviné les rêves de notre grand frère et avait voulu obtenir la tutelle d'Arnaud, au grand dam de notre mère qui, rapidement, ne lui en tint plus rigueur. Dans sa maison de Corse étaient rassemblés les nombreux souvenirs de ces années. Des livres, des photos, des uniformes, aujourd'hui pour l'essentiel chez Damien, qui a aussi hérité de son coupe-coupe. Treillis, ceintures, jumelles ont été récupérés par Cédric, à 15 ou 16 ans.

Tout ce qui concernait la blessure de notre grand-père, se souvient Damien, je ne l'ai pas appris de sa bouche. C'est mon père qui m'a expliqué ce qui s'était passé pendant que je retapais la maison de Chalo, en 2012. Le jeune parachutiste avait été fauché par une rafale de mitrailleuse. Trois des balles avaient touché une jambe, et un éclat d'obus avait atteint la fémorale. Rapatrié d'urgence par avion, au milieu de nombreux blessés, il était le seul à avoir survécu au voyage. Il avait été installé dans un bac à glaçons et il n'avait dû sa survie qu'à l'obstination des médecins qui l'avaient réanimé plusieurs fois pendant le vol. À l'arrivée, on avait réussi à le stabiliser, puis à sauver sa jambe et sa vie. Notre grand-père était alors âgé d'une vingtaine d'années. Il en avait gardé une énorme cicatrice et, cinquante ans plus tard, il clopinait avec une canne. Autre version de l'épisode : il avait sauté sur une mine. Mais peu importe la vérité. Sa blessure allait marquer la famille Beltrame à jamais.

Alors que nous étions abonnés à des revues pour enfants, *Mickey Magazine* pour Damien et *Pif Gadget* pour Cédric, Arnaud lisait des journaux sur les Forces spéciales, comme *Raid*. Les numéros s'entassaient sur son bureau, consacrés aux entraînements, aux armes, aux missions commandos. Passionné par l'histoire de France et les biographies de guerriers, il dévorait tout ce qu'il trouvait à ce sujet, quelle qu'en soit la forme. Il pouvait passer de *L'Histoire de France en bandes dessinées* à un ouvrage technique sur l'équipement des soldats, ou à un petit livre qu'il avait souvent avec lui, consacré aux meilleures armées du monde. Comme le mode d'emploi de toutes ses boîtes de soldats.

Quand il lisait ou regardait un film, les aspects techniques primaient toujours sur l'émotion artistique ou les analyses culturelles. Et son savoir en la matière était très grand. Il n'avait pas attendu *300*, le péplum à la fois si graphique et si brutal de Zack Snyder, sorti en 2006, pour nous parler de la bataille des Thermopyles. En 480 avant J.-C., Léonidas, roi de Sparte, et ses trois cents hoplites avaient réussi à bloquer l'armée perse et ses dizaines de milliers de guerriers pendant deux jours, en tenant l'entrée d'un défilé étroit. Avant qu'un traître nommé Éphialtès ne conduise les hommes de l'empereur Xerxès derrière les rangs grecs, leur permettant de prendre Léonidas à revers.

Ce qui passionnait Arnaud, c'était donc les tactiques de combat, la stratégie et ses évolutions. L'amélioration du matériel. Les innovations techniques. Pour revenir à Sparte, l'entraînement des hoplites lourdement cuirassés, longtemps invincibles, leur usage du bouclier et leur façon de se mouvoir en groupe l'intéressaient plus que l'organisation de la société, la place des esclaves ou les oppositions politiques avec Athènes. Il était fasciné également par la bataille de Bannockburn, en 1314. Là encore, bien avant que Mel Gibson ne l'immortalise à la fin de son film *Braveheart*. Bien avant qu'il ne rende hommage à Bruce et à Wallace, les deux héros de la première guerre d'indépendance écossaise. À un contre quatre, Robert Bruce, à la tête de l'armée écossaise, va défaire les troupes anglaises. Les charges gratuites et répétées des cavaliers anglais lui ont facilité la tâche. Mais Bruce a magistralement construit sa victoire. Fort de la cohésion des carrés de piquiers, les schiltrons, il les répartit sur toute la largeur du champ de bataille. Trois blocs composés chacun de deux schiltrons, où se fracassent les chevaux ennemis quand ils ne se brisent pas les os dans les trous qu'il a fait creuser. Arnaud faisait également état d'une légende controversée selon laquelle les Anglais auraient vu des templiers apparaître en haut d'une colline, ce qui les aurait terrifiés.

Nos souvenirs sont remplis d'images de cinéma. Les livres ont sans doute été plus importants pour notre frère, ils ont laissé en lui des traces plus profondes, mais les films suscitaient des réactions immédiates. Et surtout partagées. Parce que nous avons vu ensemble beaucoup d'entre eux. Dans une salle de cinéma ou à la télévision. Et parce qu'ils inspiraient nos jeux, ou les enrichissaient. Arnaud pouvait s'asseoir avec nous devant des thrillers sans un seul militaire, intrigues policières ou films d'espionnage, mais seule la guerre l'intéressait vraiment. Comme il regardait tous ces films avec un œil réaliste, il se montrait souvent critique, en trouvait même certains ridicules. Ainsi, il préférait *Platoon*, le film d'Oliver Stone sur le Vietnam, à la série des *Rambo*. Car ce vétéran interprété par Sylvester Stallone, mis au ban par son pays mais superhéros irréductible, lui semblait par trop « *bulletproof* ». Nous avions pourtant vu à deux reprises *Rambo 4*, car le surhomme y redevenait un être humain, comme dans le premier opus de la série. Même s'il restait un combattant d'élite, qui passe de Thaïlande en Birmanie pour y porter secours au peuple karen.

Rambo 2 était interdit aux moins de 12 ans, se rappelle Damien. Je me demande toujours comment j'ai pu le voir à 8 ans, au cinéma, avec Arnaud et Cédric. J'avais été particulièrement frappé par une scène : John Rambo émergeant de la boue où il s'était entièrement dissimulé, pour tuer un soldat d'un coup de couteau. Je me souviens que, de retour à la maison, je m'étais amusé à charger mes frères, tête baissée, tous deux installés devant la chambre de Cédric. Juste avant l'impact, ils s'étaient écartés et j'avais traversé la porte vitrée. J'avais fini à l'hôpital : arcade sourcilière ouverte, points de suture. Comme un des nombreux stigmates que porte le corps de Rambo.

Si Arnaud aimait *Platoon*, il avait des réserves au sujet de la scène la plus célèbre, la mort mélodramatique du bon sergent, sur le fond sirupeux de l'adagio de Barber, mais il appréciait les corps à corps dans la nuit, les heures passées par les GI's, enfouis dans des trous, à déjouer les ruses de l'ennemi. De même que la lutte à mort des deux frères ennemis, incarnés par Tom Berenger, le sous-officier aux noirs desseins, et Willem Dafoe, son envers lumineux.

Dans *Predator*, réalisé par John McTiernan, avec Arnold Schwarzenegger, il ne pouvait s'empêcher de sourire quand « Mac », l'un des membres du commando, rase la moitié de la jungle, en criant « contaaact », avec la mitrailleuse de son hélicoptère, qui pèse des tonnes. Il s'agissait pourtant d'une scène « culte », mais il gardait toujours un regard critique. De même, quand le commando pénètre dans un village sans aucun plan d'attaque. *Alien 2*, de James Cameron, le futur réalisateur de *Titanic* et d'*Avatar*, suscitait les mêmes réactions, avec son commando de Marines caricaturaux qui jouent les gros bras. Dans les deux cas, l'ennemi n'était pas un soldat ennemi, mais un monstre surpuissant venu d'une autre planète et Arnaud n'était guère adepte du mélange entre SF et films de commando.

De *Full Metal Jacket*, considéré comme un classique du genre, il défendait les scènes avec le sergent instructeur, mais pas les affrontements avec l'un des conscrits, qu'il jugeait hostiles à l'armée. Il est vrai que Stanley Kubrick avait également réalisé *Les Sentiers de la gloire*, un film engagé consacré aux mutins de 1917 et interdit dans l'Hexagone pendant près de vingt ans. Il préférait la seconde partie, sur le terrain, quand la colonne américaine cherche un sniper vietnamien qui se révélera être une femme.

Il s'intéressait aux films mettant en scène des tireurs d'élite, comme *Sniper*, de Luis Llosa, avec Tom

Berenger et Billy Zane. Un « buddy movie » violent, qui réunit un sergent des Marines et un lieutenant, champion olympique de tir et issu du SWAT, l'unité d'élite de la police américaine. Leur mission : traverser la jungle panaméenne pour exécuter un général hostile. Arnaud nous avait également parlé de *Stalingrad*, le film de Jean-Jacques Annaud sur un tireur d'élite soviétique interprété par Jude Law.

Il était fasciné par les armes des tireurs d'élite. Nous avons tous les deux une photographie prise à l'EPIGN où il tient entre ses mains un très long fusil de sniper, qui semble trop grand pour lui. Cette passion était ancienne. Quand nous vivions encore à Chalo avec notre père, il lui avait acheté une carabine 22 Long Rifle à l'armurerie d'Étampes. Le talus derrière la maison lui servait à installer ses cibles, jouets anciens, boîtes de conserve. Il n'avait pas le droit de s'en servir en dehors du terrain. Elle était équipée d'une lunette de précision et d'un silencieux. Cet accessoire était totalement inutile, puisque c'est la culasse qui émet un bruit, pas la balle. Mais peu importe, car la carabine avait grande allure et Arnaud en prenait soin. Il était aussi très prudent. Il nous mettait en garde, tenir toujours son arme vers le bas et déchargée, ne pas mettre son doigt sur la détente, n'armer que lorsqu'on est sûr de tirer. Il s'allongeait et jouait les instructeurs. « Tu retiens ta respiration. Tu appuies tout doucement sur la gâchette. Tu es en mode sniper. Concentré. Presse doucement la gâchette jusqu'à ce que le tir parte. Tu dois être surpris par ton propre tir. » Damien a gardé une cible où Arnaud a mis la balle dans le noir. Peut-être notre père lui avait-il donné des conseils. Pourtant, il ne possédait aucune arme à feu, à l'exception du fusil de chasse avec lequel il avait un jour tué son chien, qui avait violemment mordu Damien bébé. On n'a jamais retrouvé ce fusil. Il avait aussi un couteau de chasse et une arbalète, avec laquelle nous tirions dans des ballots de paille.

Si Arnaud pouvait s'intéresser aux films sur l'aviation, en revanche les sous-marins et les navires de guerre le laissaient indifférent. Ce qu'il préférait pardessus tout au cinéma, c'était l'infanterie. Mais aussi les blindés. Il avait vu et revu *Patton*, le film de Franklin Schaffner, tant le personnage le fascinait : né dans une famille qui ne comptait plus les soldats, entré par surprise à l'Académie militaire de West Point, sportif accompli, héros des débarquements de la Seconde Guerre mondiale, Patton n'avait cessé de plaider la cause des chars entre les deux guerres. Comme de Gaulle, pour Arnaud le héros idéal, dont il avait un poster dans sa chambre. Enfin, Patton, l'homme des chevauchées mécanisées et de la percée d'Avranches (la ville, où Arnaud allait passer quelques années, ne nous était pas encore familière), était devenu général, l'ambition suprême de notre frère, et était l'auteur du célèbre « Better to fight for something than live for nothing ». Une phrase qui réjouissait d'autant plus Arnaud qu'elle avait à l'évidence inspiré Stallone dans *Rambo 4* : « Live for nothing or die for something. » Vivre pour rien ou mourir pour quelque chose. D'un autre général, Montgomery, il nous racontait comment l'officier anglais avait tenu entre ses mains, du débarquement de 1944 à la fin de la bataille de Normandie, le sort de toutes les armées alliées.

Il avait une prédilection pour les films où, pour sauver un seul homme, une mission est abandonnée ou détournée au profit de ce seul objectif, devenue l'unique priorité, comme dans le chef-d'œuvre de Spielberg, *Il faut sauver le soldat Ryan*.

C'est sans doute ce qu'espérait Arnaud quand il a appelé à l'assaut dans le Super U de Trèbes. Que les hommes du GIGN interviennent sans perdre un instant pour le sauver. Nous ignorons si des minutes ont été perdues et s'il aurait pu en être autrement. Mais nous savons que, dans ces occasions, on ne peut remonter le cours du temps, fût-ce de quelques secondes. La deuxième devise du lycée militaire de Saint-Cyr est « Plutôt la mort ». En la circonstance, nous l'avons dit et répété, pas seulement dans ce livre, le choix d'Arnaud n'était pas de mourir. Il s'en est donc fallu d'un rien que la devise ne devienne, à Trèbes, « Plutôt la vie ».

3

Paroles au sommet

Pour se parler et régler un différend, voire mettre fin à un conflit, les belligérants s'assoient en général autour d'une table. C'est la forme diplomatique consacrée. Ce qui n'exclut pas, quand les parties présentes sont nombreuses, les discussions informelles, presque toujours bilatérales, qui prennent souvent la forme d'une promenade champêtre. Nous avions avec Arnaud un sujet de discorde majeur, toujours ouvert, souvent envenimé, jamais vraiment résolu : notre père et, subsidiairement, la vente de la maison de Chalo. Nos discussions sur ce point ont pris bien des formes, de l'échange tempéré au mail incendiaire, en passant par la rupture provisoire des communications. Rien que de très ordinaire, c'est le lot commun de bien des familles. Ce qui l'est moins, en revanche, c'est que la promenade dans les champs se transforme en effort alpin. Que la discussion ait lieu au plus haut, sur les pierriers, les ponts de neige, les corniches glacées ou face à des parois presque verticales. Arnaud aimait l'altitude, les sensations du chuteur opérationnel qui se jette d'un avion à 5 000 mètres avant d'atterrir sur un objectif minuscule, la solitude du parachutiste. Il aimait aussi la haute montagne et la conquête des sommets, la cohésion nécessaire des cordées. Intarissable homme du verbe, « tchatcheur » magnifique, il savait que l'effort physique, même intense, même dans des circonstances extrêmes, ne condamne pas au silence. Mais dans cette concentration tendue vers la survie, les questions secondaires, les interrogations frivoles s'évanouissent. Laissant toute la place disponible à l'essentiel. Arnaud nous l'avait appris. C'est pourquoi nos longues marches suivaient souvent deux objectifs : sportif et familial. Notre père au centre et des discussions à bâtons rompus avec Cédric, des leçons de vie pour Damien, offertes dans une fraternelle avalanche de mots.

Juin 2006. Les étés en Corse chez Georges, notre grand-père paternel, nous manquent, se rappelle Cédric. Avec mon grand frère, nous avons donc décidé de « faire » le GR20. Le seul chemin de grande randonnée qui soit connu des non-randonneurs. Il traverse l'île du nord au sud, de Calenzana, en Balagne, à Conca, au-dessus de Porto-Vecchio. Arnaud aime les marches et les treks. La Corse offre le mélange idéal entre trek et difficulté. À l'origine, nous avions l'intention de parcourir les cent soixante-dix kilomètres du parcours en recourant à une agence, qui aurait assuré la logistique : portage des sacs, choix des étapes, etc. Finalement, nous avons préféré organiser notre voyage nous-mêmes. Entre équipement et ravitaillement, nous nous sommes réparti les tâches.

Pas de temps à perdre. Arrivés tôt, nous nous élançons à midi pour la première étape, carte et boussole en mains. Le GR20 est considéré comme l'un des plus difficiles d'Europe, peut-être même le plus dur, notamment en raison de son escarpement et de son dénivelé important (plus de 1100 mètres). Sans oublier la chaleur intense et la météo capricieuse. Nous marchons une dizaine d'heures chaque jour, c'est-à-dire que nous doublons les étapes, et, tous les soirs, nous nous endormons sur de petits tatamis, à l'abri d'une bâche attachée à deux arbres, plutôt que dans un refuge aux odeurs camphrées. Nos sacs à dos de trente kilos sont remplis de vivres. Le GR est tracé, pour l'essentiel, en haute montagne, à plus de 2 300 mètres, donc bien plus haut que les villages où nous pourrions nous ravitailler. Chaque matin, nous retrouvons d'autres randonneurs, mais nous les distançons tous. Nous restons seuls pendant la quasi-totalité du trajet. Si le cirque de la Solitude est le passage le plus célèbre du GR, c'est tout le parcours qui devrait s'appeler ainsi.

Nous sommes en vacances, mais bien décidés à nous mesurer fraternellement. Je suis en grande forme, j'ai enchaîné juste avant quatre sommets de 4 000 au Maroc avec l'UCPA. Mais Arnaud, qui, au deuxième jour, m'a demandé de ralentir, fatigué, fait ensuite la course en tête. L'avant-dernier jour, nous avons prévu une très longue étape. Mon réservoir d'eau fuit, je commence à en manquer et à me sentir mal. Mon frère n'a pas beaucoup de réserve non plus. Mais il se contente de quelques gorgées, comme à chacune de nos expéditions. Heureusement, nous arrivons à une fontaine, décorée d'un petit Jésus. Il m'explique en souriant que le Christ nous a sauvés, et cette conclusion restera comme une *private joke* entre nous.

Arnaud n'aimait pas le chocolat, il refusait même un seul carré pendant l'effort.

« Tu veux m'empoisonner ?

— Prends ça, sinon tu vas en baver. »

Il ne voulait rien entendre. J'ai dû ouvrir, cette fois, une boîte de pâtes de fruits. Je me souviens d'une autre anecdote, qu'il m'avait racontée au sujet des épreuves de sélection pour l'EPIGN. Au bout de trois jours, Arnaud était épuisé, en hypoglycémie profonde. Mais il avait suffi qu'un camarade lui donne une fraise Tagada et un autre un morceau de saucisson pour qu'il retrouve ses forces. Un petit apport de sucre et de lipides, mais prodigué par deux frères d'armes. Damien se souvenait d'une histoire un peu différente. Le cadre avait changé. Arnaud faisait de l'escalade et son compagnon de cordée lui avait donné un peu de nourriture, dont la fameuse fraise Tagada et son morceau de saucisson. En tout cas, alors qu'il venait de décliner mon offre, je lui ai répondu :

« Ah, tu refuses le chocolat, tu préférerais une fraise Tagada ? »

Mais il n'est pas facile de trouver des bonbons quand on marche en autonomie à 2 500 mètres d'altitude.

À cette époque, je n'étais pas encore parti à Dubaï. Arnaud vivait à Satory avec Anne-Gaëlle, sa première épouse. Nous parlions de notre père, du mariage et de la religion. J'étais persuadé que sa conversion était sans portée, mais j'avais compris que je me trompais. Il avait 33 ans, l'âge du Christ.

Un an plus tard, nous sommes montés au sommet du mont Blanc. Après une semaine d'entraînement, il nous a fallu quarante-huit heures pour y accéder. Le premier jour du stage, nous avions appris à marcher sur la glace, les cours suivants nous ont préparés à l'ascension. Nous étions pressés de grimper. Les deux dernières journées, nous sommes montés avec notre guide. Comme en Corse, je ne portais pas les bonnes chaussures et Arnaud redoutait que je ne souffre d'ampoules. En tout cas, le GR20 m'avait semblé plus difficile, la gestion des ressources, particulièrement de l'eau, bien plus compliquée. À nouveau, nous avons beaucoup parlé de notre père. Arnaud lui rendait souvent visite, avec des résultats contrastés d'une rencontre à l'autre. C'est aussi pendant le dernier jour du stage qu'il m'a annoncé son divorce.

J'habitais alors à Suresnes, mais j'avais rendu mes clefs pour m'installer quelques semaines chez notre frère aîné, à Nanterre. Il m'avait expliqué que, même si nos parents ne nous avaient rien appris en matière de bricolage, nous allions repeindre nous-mêmes l'appartement. Il s'était documenté et avait acheté des guides pratiques. Notre mère et Maurice, son compagnon, nous donnaient un solide coup de main, l'appartement était en bazar mais on y travaillait tous les jours. Un mois plus tard, quand je suis parti à Dubaï, Arnaud m'a accompagné à l'aéroport. Nous avons pris un verre et il en a profité pour m'offrir une figurine de garde républicain : « Il t'accompagnera partout où tu vas, et il veillera toujours sur toi. »

Nous voulions, nous aussi, monter au sommet du mont Blanc, se remémore Damien, mais la dernière ascension d'Arnaud était trop récente, et nous avons renoncé au profit de l'aiguille du Midi. À la fin août 2008, nous nous sommes installés dans l'appartement d'un de ses amis, au pied de la montagne, à Chamonix. La veille du départ, une avalanche avait tué huit alpinistes. Le lendemain, lors de notre course, nous avons pu observer la coulée, à quelques centaines de mètres. Nous étions accompagnés par Stéphane, le guide habituel de mon frère. Je me sentais en confiance, mais la tranquillité a rapidement fait place à une légère inquiétude. Nous ne marchions pas depuis longtemps et j'étais déjà gagné par le vertige. Je demande conseil à Stéphane, qui peine à me rassurer. Je ne crains rien, m'explique-t-il. Nous serons encordés pour le passage le plus difficile. En réalité, je sais que je suis le plus lourd et que, si je dévisse, je risque d'emporter avec moi un de mes compagnons, peut-être deux. Il insiste : « Ne t'inquiète pas, je bloquerai la chute avec mon piolet. »

Nous atteignons une célèbre arête, presque verticale, sur laquelle nous devons progresser en file indienne. C'est le moment de nous encorder. On m'a expliqué que nous partions pour une bonne course de « mixte », c'est-à-dire qui alterne la neige et les rochers. Mais, là, je ne vois que la glace et le vide, de chaque côté. L'arête des Cosmiques mérite bien son nom. Altitude : 3 800 mètres. Mes nerfs lâchent. J'insulte mes camarades : « Vous m'emmerdez. » Mais je n'ai pas le choix, il faut y aller. Pendant toute notre progression, Arnaud me parle. Il n'arrête pas de me parler. « Ne me laisse pas tomber, frangin. » Il me bombarde de questions. Mon accident de vélo remonte à cinq ans, j'ai repris le krav-maga. Qui dit krav dit coups au visage et je me souviens qu'Arnaud me demande des nouvelles de mes cicatrices. À une telle altitude, sur cette arête étroite, ses questions peuvent sembler étranges, mais elles sont plus rassurantes que le piolet du guide. Mon frère me raconte aussi des souvenirs de l'EPIGN, des histoires d'escalade. « T'inquiète pas, frangin. Tu te débrouilles très bien. » À chaque fois que je m'arrête, il me relance : « Ah non, frangin, tu avances. Un pied devant l'autre. »

Le guide, lui, est rompu à une autre méthode : « Tu n'as pas à avoir peur parce que tu ne cours réellement aucun danger. » J'ai l'impression d'être un enfant qui a peur du loup et à qui l'on expliquerait que les loups n'existent pas. C'est bien essayé, mais très insuffisant.

Il m'explique aussi que si je pose une planche étroite sur le sol, je n'hésiterai pas à sauter à pieds joints sur elle. Mais qu'en revanche, si cette planche, la même, s'avance sur le vide, je renoncerai. C'est pourtant bien la même planche, elle n'est pas moins solide, pas moins large et je ne suis pas plus maladroit. Philosophiquement imparable, mais pratiquement inefficace. Je ne sais pas ce qu'Arnaud pense de ce raisonnement, mais son intelligence des êtres et des situations lui dicte des mots autrement pertinents. Littéralement, il ne m'a pas laissé tomber. Pas lâché. Ce sont bien ses mots qui m'ont tenu au-dessus du vide.

C'était comme un don chez lui : être capable de saisir la détresse chez quelqu'un, comprendre qu'il avait besoin d'aide, et y remédier par ses paroles, le porter ainsi. Il était évidemment capable de gestes d'aide, mais, dans ces situations, la force du verbe était la plus efficace à ses yeux. En fait, pour lui, les paroles étaient des actes, et ses paroles m'ont hissé au sommet. Il nous a fallu un quart d'heure pour sortir de ce passage difficile, durant lequel il m'a parlé sans interruption. Je me souviens que je n'ai pas cessé de le remercier.

À chaque fois que je repense à cet épisode, ou que je le raconte à Cédric, Trèbes m'apparaît dans une lumière différente. Il n'est pas impossible qu'Arnaud ait pu penser venir à bout du terroriste de cette façon. Dans un premier temps, avant de faire usage de sa force. La parole est l'arme des négociateurs, mais Arnaud n'aurait pas joué les négociateurs. Pas de la place où il se trouvait, absolument seul, sans mandat, et parce qu'il préférait la conviction à la rhétorique. Négocier, c'est tenter de trouver un accord, même en trompe l'œil. C'est donner un peu pour obtenir beaucoup. Le moins possible pour compenser le plus possible. Le négociateur doit maîtriser cet échange. À distance, en général au téléphone, il lui faut témoigner aussi d'une empathie artificielle appuyée sur des éléments biographiques ramassés à la hâte et sur quelques appels, aux parents, aux amis, aux collègues. Il y avait un négociateur à Trèbes, son dialogue avec le terroriste se trouve dans le dossier d'instruction. Aucun problème technique, le téléphone passe, ce qui ne passe pas en revanche, c'est la communication. Aucun des arguments utilisés ne fait mouche, le négociateur n'est pas en mesure d'interpréter correctement les bruits qu'il entend. Au plus fort du combat à mort entre Arnaud et son assassin, il invite le terroriste à se calmer, puis, alors que notre frère gît inconscient, il lui demande de se signaler par des bruits divers, notamment des grognements. À lire ce dialogue, il semble clair en tout cas que c'est parce que la discussion tournait court qu'Arnaud a décidé d'intervenir.

À chacun de nos échanges, j'ai pu mesurer l'extraordinaire force de conviction de mon grand frère, mais, au menu de nos vacances, je n'avais pas seulement, comme Cédric en Corse ou sur le mont Blanc, le projet prioritaire de parler avec Arnaud de notre père. De le pousser dans ses retranchements et de lui faire prendre conscience des actes graves de ce dernier. Ce projet ne faisait pas partie des objectifs. Nous sommes restés cinq jours. Au programme, trois 3 000 mètres casse-croûte, sans guide ; une journée rafting, et saut dans l'eau d'un pont de dix mètres. J'ai chez moi une photo où nous sommes en train de poser en situation d'affrontement avec des rames ; enfin, la journée la plus importante, celle de l'ascension. Parce que, ce jour-là, j'ai retrouvé le grand frère de 2003, celui, si intuitif et pertinent, qui était venu me voir à l'hôpital après mon accident. Celui sans lequel je n'aurais peut-être pas surmonté ce traumatisme terrible aujourd'hui.

Mais je n'en avais pas complètement fini avec Arnaud et la montagne. Disons une ébauche de montagne, la plus proche de Paris. Les fameux rochers de Fontainebleau, qui permettent de se déplacer à quelques mètres au-dessus du sol et de s'entraîner à la varappe, à défaut de grimper en moyenne ou en haute montagne. De retour chez moi après l'enterrement d'Arnaud, j'étais incapable de tenir en place. Je ressentais un tel vide que je ne pouvais reprendre le cours de ma vie sans transition et rester chez moi. Je suis donc parti à Fontainebleau pour une randonnée, avec ma caméra. Je voulais faire ainsi d'une pierre deux coups. J'avais choisi un parcours de quatre heures et demie, mais je n'avais pas vu sur Internet qu'il avait été modifié et qu'il durait maintenant près du double. Parti à 8 heures du matin, je pensais être de retour à midi, histoire de manger le sandwich que j'avais laissé dans ma voiture. Je suis donc parti en trombe, et je n'ai pas arrêté de courir pour dépasser les autres randonneurs et filmer des endroits magnifiques sans aucune présence humaine. Ce n'est qu'en m'enquérant de la direction auprès d'un marcheur, aux alentours de 11 h 30, que j'ai compris la situation. Je croyais être sur le point d'arriver, mais je n'étais en réalité qu'à la moitié du chemin. Je savais que l'eau allait vite devenir un gros problème, et la nourriture aussi. Mes réserves s'élevaient à 30 cl, plus rien de sucré, et j'ai commencé à ressentir un malaise, qui n'a cessé d'empirer. Comme un voile sur les yeux. À chaque croisée des chemins, j'éprouvais beaucoup de mal à me concentrer et craignais de choisir la mauvaise route. Sur les rochers les plus hauts, où j'étais monté pour filmer, je me sentais affaibli. C'est pourquoi je me suis greffé à un groupe, car je craignais vraiment de m'égarer. Ils m'ont posé quelques questions, je leur ai expliqué que j'étais le frère du colonel Beltrame. Même si j'étais en hypoglycémie profonde, comme Arnaud lorsqu'une fraise Tagada l'avait sauvé, j'ai refusé la nourriture qu'ils m'offraient. Économisant mes forces et jusqu'à mes paroles, je voulais tenter d'éprouver ce qu'avait ressenti Arnaud à cette occasion, à l'EPIGN ou en montagne. Les deux cents derniers mètres ont été un cauchemar. J'étais extrêmement entraîné grâce à la pratique du crossfit, mais peu préparé à des efforts continus sans eau ni nourriture. Il m'a donc fallu deux jours pour me remettre du Circuit des vingt-cinq bosses, vingt kilomètres, mille mètres de dénivelé, que les Parisiens pratiquent pour s'exercer à la haute montagne, mais que j'ai réussi, quelques semaines plus tard, à parcourir à nouveau sans difficultés.

Depuis la mort d'Arnaud, nous essayons tous deux de comprendre. De comprendre quelle bifurcation psychique ou morale a pu se produire en lui juste avant de prendre la place de l'otage. Quelle autre bifurcation avait préparé cette décision instantanée, car mûrement réfléchie, même à son insu, depuis bien longtemps ? Nous voudrions savoir quelles ont été ses pensées pendant les trois heures passées avec son tueur. Si l'appel à l'assaut et son combat, il les préparait depuis le début, ou si tout s'était décidé en une fraction de seconde. Nous voudrions être sûrs qu'il n'a pas trop souffert. Nous voudrions savoir. Mais il nous est à jamais impossible d'acquérir cette connaissance intime. Nous ne pouvons que l'approcher en lents cercles concentriques. En revivant certaines situations déjà vécues avec lui, avec leur cortège de sensations inédites.

4

Bretagnes

La Corse, c'était notre père, ou plutôt, le père de notre père. La Bretagne, c'est notre mère. Si nous avons cessé de passer des vacances en Corse à la mort de notre grand-père paternel, la Bretagne, elle, n'a pas été seulement le paysage adoré de nos étés entre cousins, mais comme une seconde patrie. Après la disparition de nos grands-parents, la Corse est devenue un souvenir, ravivé par le GR20 d'Arnaud et de Cédric. C'était particulièrement vrai d'Arnaud. Il a toujours porté haut le nom des Beltrame, son patronyme, d'origine italienne selon son grand-père, mais celui, si breton, de notre mère, Nicolic, résonnait en lui comme une grande fierté. Cette patrie a une géographie et une histoire singulières. Le Morbihan en était le cœur, et la matière de Bretagne son âme, ces mille récits fascinants peuplés de magiciens facétieux ou dangereux et de guerriers en quête d'absolu. Seule la Bretagne pouvait mêler ainsi les sortilèges de Merlin l'enchanteur et les combats de Lancelot ou de Perceval, ces deux chevaliers de la Table ronde voués à la recherche du Saint Graal. Le premier avait percé bien des mystères de la nature, la force était avec lui, cette force qu'Arnaud ressentait aussi, comme ses ancêtres avant lui, une puissance tellurique héritée de la terre et des hommes. Quant aux seconds, ils incarnaient la rectitude des soldats du Christ, parfois tiraillés entre leur foi et les passions terrestres.

Dans ses marches bretonnes, Arnaud ne privilégiait pas l'empreinte chrétienne au détriment des vestiges celtes, les deux influences vivaient en lui. Comme toujours, il ne voulait rien sacrifier de la richesse du monde. Des univers différents et qui peuvent sembler contradictoires cohabitaient harmonieusement en lui. Comme ils cohabitaient dans le nom de notre mère. Dans « Nicolic », il fallait certes entendre la désinence bretonne, ce « ic » que certains pensent slave mais qui permet aux Bretons de se reconnaître tels, partout dans le monde. Il fallait aussi deviner la racine grecque, comme un cadeau à Arnaud, comme l'expression de sa précoce ambition militaire : « Nike », « Nico ». La victoire ! Bien sûr, nous pensons que rien n'est écrit à l'avance, qu'aucune fée, qu'aucun devin, qu'aucun prêtre ne pouvait prédire le destin du colonel Beltrame. Les coïncidences ne sont donc que des coïncidences, pas des prémonitions. Impossible pourtant de ne pas tressaillir en découvrant que la légende fait naître Lancelot du Lac à Trèbe. Il ne s'agit pas de la ville occitane où est mort Arnaud mais d'un château d'Armorique. Un « s » final, en plus ou en moins, interdit la confusion. Mais, même ainsi, la Bretagne l'a accompagné jusqu'à son dernier souffle. À Trèbes, avec ou sans « s », s'est battu un chevalier. À Trèbes est né un héros. À Trèbes, nous avons pleuré le frère et admiré son courage. Sa victoire, malgré tout.

Quand Arnaud retournait en Bretagne, même s'il avait acheté un appartement à Sarzeau, sur la presqu'île de Rhuys, il séjournait souvent à Trédion, où notre mère est née et a pris sa retraite. Il passait beaucoup de temps avec elle, et ne lui cachait rien de sa vie, de ses amies, de sa carrière, de ses relations tourmentées avec son père, de nos difficultés aussi. Des heurts qui nous opposaient à lui parfois comme de nos problèmes personnels. Il pouvait passer la matinée à parler avec maman, puis sortir avec elle pour marcher deux heures en forêt tout en prolongeant la conversation du matin. À Trédion, Arnaud n'avait à s'occuper de rien. Il était, comme nous tous, totalement pris en charge par notre mère. Si nous voulions nous acquitter de notre part, ou plus simplement l'aider un peu, sa réponse était immuable : « Laissez, je m'occupe de tout. Faites ce que vous avez à faire. » Arnaud était conscient que sa mère serait toujours là pour l'aider. Quel que soit son âge, quel que soit le besoin. Un déménagement, des travaux ? Avec Maurice, son compagnon, elle prenait la route.

Notre mère avait un petit appartement à Landrezac. C'est là qu'Arnaud, avant d'acquérir le sien, tout près, se retirait lorsqu'il avait besoin de repos ou sur la route de l'abbaye de Timadeuc, avant une retraite. C'est là qu'il avait découvert Sarzeau, à quelques kilomètres et dont il était tombé amoureux.

Nous y avons passé une semaine en septembre 2017, se rappelle Damien. On reconnaissait ce qui venait d'Arnaud et ce que notre mère avait choisi. Les jolis cadres, les plantes étaient des attentions de maman, la statue de saint Michel la marque de notre frère. Le télescope était un cadeau de maman, car Arnaud était passionné par le golfe du Morbihan. Il pouvait ainsi observer les dizaines d'îles et d'îlots, les bateaux, les animaux ou les étoiles. Les oiseaux migrateurs. Les Vieux Gréements qui sillonnent le Golfe, les fameux sinagots, ces chaloupes de pêche aux voiles ocre. Et en quelques minutes, délaissant son télescope, il passait du Golfe, de sa mer intérieure et de ses marais, à l'océan. Les paysages sont différents, le parfum des embruns n'est pas celui des marais, mais c'était, encore et toujours, la Bretagne pour Arnaud.

Le Golfe n'est pas seulement le paradis des plaisanciers et des enfants, il plonge aussi au cœur des légendes celtes puisqu'il serait né des larmes des fées chassées de la forêt de Brocéliande. C'est justement à Brocéliande que s'est déroulé un des deux treks qu'Arnaud organisa pour nous en Bretagne. Avec Damien et Johann, notre cousin, dans les landes de Lanvaux, non loin de Trédion. Avec les mêmes et Cédric à Brocéliande donc, l'année suivante.

Anne-Gaëlle nous a déposés en voiture à notre point de départ, se souvient Damien. Johann, qui admire beaucoup Arnaud, est très excité. Arnaud n'a encore que 25 ans, mais il a tout organisé scrupuleusement et il a distribué ses consignes à chacun de nous. Il nous a briefés sur la tenue, les sacs à dos, le ravitaillement, ainsi que sur les dangers potentiels qui nous menaçaient : sangliers, cerfs et korrigans farceurs. « Deux litres d'eau par personne, voici le village où nous pourrons faire halte. » Tout est noté sur la carte. Très longtemps, Arnaud a été à la peine en cartographie. Son ami Tom nous a raconté comment il avait fini par devenir un cartographe émérite : au cours d'un exercice, notre frère se trompe complètement sur les coordonnées du point qu'il devait trouver. Refusant de reconnaître son erreur, il explique que la carte est fautive. Mais il ne se contente pas de ce numéro d'esbroufe. Il commence à bûcher très sérieusement la cartographie et multiplie les courses d'orientation. Heureusement pour nous, qui ne partagions pas sa passion pour les systèmes de référence géodésique et pour les courbes de niveau. Seuls, nous aurions erré longtemps.

Nous allons parcourir soixante kilomètres en deux jours. Les sentiers ne grimpent jamais beaucoup en Bretagne, le dénivelé ne dépasse pas cinq cents mètres, l'exercice est pourtant intense, car nous marchons très vite. Le premier jour, nous parcourons nos trente kilomètres. À travers la lande, nous découvrons des petits chemins rocailleux, des lacs magnifiques. Des paysages déserts. Johann et moi dormons sous la tente, Arnaud se contente d'une bâche, qu'il tend entre deux arbres avant de s'allonger dessous. Seul le haut de son visage dépasse de son sac de couchage, ce qui ne manque pas de nous impressionner. Il est aussi le premier levé. Tout en marchant, malgré le rythme éprouvant, Arnaud nous raconte qu'un jour, lors d'exercices, il a été attaqué par une buse qui défendait son nid. Une fois, l'une d'elles lui a même entaillé le crâne. Il a mis à profit son entraînement, s'est défendu avec un bâton afin de lui échapper. Arnaud rationne l'eau, les vivres sont comptés, il nous gratifie de ses rations militaires, que nous apprécions. Vient l'heure de la boîte de maquereau, pour mon cousin une découverte, que nous nous partageons. Nous sommes bientôt à bout, épuisés et trempés. Il nous arrive de croiser quelqu'un. Nous devons aussitôt nous jeter à terre, en mode commando, puisque c'est le thème de notre mission : mêler exploration de la nature et entraînement à la dure. Pour n'être pas repéré, Arnaud s'enduit le visage avec du noir. Il nous encourage. Johann en particulier, parce que ses chaussures inadaptées le font souffrir. Nous parvenons au but, complètement défaits. Je me souviens avoir pensé qu'à 25 ans, après sa prépa à Saint-Cyr et son affectation à Commercy, au 8e régiment d'artillerie, Arnaud était déjà le soldat idéal. Militaire par toutes les fibres de son être. Un homme dont l'existence, manger, dormir, bouger, penser, était tout entière modelée par cette exigence.

Le second trek eut lieu l'année suivante, à Brocéliande, dans cette forêt célèbre où se déroulent les exploits des chevaliers de la Table ronde. C'est dans cette forêt que Lancelot, qui n'a pas encore de nom et que les textes désignent comme « le Blanc Chevalier », découvre, après avoir chevauché toute une journée, le château de « la Douloureuse Garde », rempli de prisonniers maltraités. Bien des chevaliers ont tenté de les délivrer, mais tous ont péri. Ému par les cris de souffrance des malheureux, Lancelot relève le défi. En trois jours il prend trois murailles, enlève le château, libère les prisonniers. Lancelot a sauvé les otages.

Pour l'occasion, Arnaud n'avait pas voulu suivre un trajet balisé, mais l'avait dessiné spécialement, comme une promenade dans la geste arthurienne. La localisation de Brocéliande a suscité d'ardentes controverses, mais, aujourd'hui, Paimpont, la plus grande forêt bretonne, à l'est de Rennes, fait l'unanimité. Pour nous, moins familiers que lui avec ces récits et ces personnages, le parcours avait un petit air de Disneyland breton. L'Arbre d'or était en fait doré, peut-être excessivement clinquant. Nous avons appris plus tard que ce châtaignier calciné par un incendie avait été recouvert de milliers de feuilles d'or qui suscitaient la convoitise de certains randonneurs. La fontaine de Barenton, proche du tombeau de Merlin, ne laissait couler qu'un mince filet d'eau, quant au Miroir aux fées, c'était un étang sale, d'un rouge cuivré, très chaud, infesté de moustiques. Nous n'avions pas très envie de nous baigner, quand nous avons entendu un cri. Derrière nous, Arnaud était en train de courir vers l'eau, complètement nu. Puis il s'est ébroué en riant, avec ce naturel qu'ont souvent les militaires. Depuis notre périple, le tourisme s'est développé à Brocéliande, mais, à l'époque, rares étaient les visiteurs. Notre frère détestait les lieux bondés, il n'aimait pas non plus les endroits qu'il jugeait pompeux. La fontaine nous avait semblé trop modeste, pour Arnaud sa modestie faisait tout son charme. Comme dans les romans de la Table ronde, elle était un secret qui attend son découvreur. Une invitation à explorer encore. À la recherche du lac de la fée Viviane, où elle emporta Lancelot, ou de la fontaine de jouvence. En tout cas, pas question de s'y désaltérer.

Il y a bien des siècles de cela, un poète et érudit normand décida d'entreprendre le voyage à Barenton pour y rencontrer les fées qu'on disait maîtresses de la fontaine. De fées, il n'en rencontra aucune, sinon dans les légendes païennes qui continuaient d'imposer leur loi autour du sanctuaire. Il s'en retourna ensuite chez les Anglo-Normands, plein d'usage et raison, et s'attela à un rapport sans équivoque.

Stipendié sans vergogne par les ducs de Normandie, il opposa le merveilleux chrétien, miracles et apparitions diverses propre à son camp, attestés par d'innombrables témoignages, au fantastique breton, sorte de folie autochtone sans manifestations tangibles, à l'image des fées inexistantes de la fontaine de Barenton. Et en choisissant d'ignorer les feux follets des marais. Mais on l'a vu, en Arnaud qui refusait de choisir, le merveilleux chrétien et le savoir des druides, les saints et les korrigans, les martyrs de la foi et les fées, les calvaires et certains tumulus trouvaient à s'harmoniser pour dessiner les frontières d'une Bretagne idéale, fière de toutes ses influences.

Notre frère était bien un Breton total, comme en témoignent les mails qu'il adressait à la famille Nicolic avant cousinades et festivités diverses, dont l'Armorique ne pouvait être absente et qu'il organisait désormais.

Devant le succès de la cousinade 2007 et les enseignements accumulés, la cuvée 2008 ne peut être qu'une réussite !

QUESTION 1 : Que préférez-vous ?

Rando à Belle-Île, départ de Quiberon et nuit dans un gîte (Pierrette en a sur l'île). En deux jours et une nuit, c'est une très belle balade, facile, pas loin et c'est dépaysant. Je propose cinq heures de marche le premier jour (trois heures matin ; deux heures après-midi) et trois heures le lendemain. C'est-à-dire rando troisième âge.

Ou bien

Rando départ Arradon, sentier du Golfe, arrivée à l'île Berder, nuit sur l'île (il y a des gîtes mais je ne sais pas s'ils sont ouverts à tous). Retour le lendemain en continuant le sentier côtier. Mêmes heures de marche.

Quelques jours plus tard, il précise le circuit breton :

Le Déroulement :

Jeudi 1er mai : Rando à Berder organisée par Nono.

Vendredi 2 mai : Rando dans les bois aux alentours de Trédion. Thème : les menhirs, organisé par Nicolle.

Ce programme se prolonge d'un éloge des racines païennes des Nicolic, suivi pourtant, sans heurts, d'un parcours en terre catholique… Qu'Arnaud qualifie justement en conclusion de « Bon mélange » ! Druides d'un côté, pèlerinage de l'autre, le Tro Breiz, ce tour de Bretagne qui relie entre elles les villes des sept saints fondateurs de la Bretagne : Saint-Pol-de-Léon (Paul Aurélien), Tréguier (Tugdual), Saint-Brieuc (Brieuc), Saint-Malo (Malo), Dol-de-Bretagne (Samson), Vannes (Patern), Quimper (Corentin) :

Suis fier aussi d'être un fils d'Éven.

Tout s'explique : Trédion est une terre sacrée et légendaire peuplée de héros mythiques dont nous sommes les héritiers.

Partie 1 :

Deux jours de marche au départ de Saint-Pol-de-Léon, sur les traces des chevaliers et pèlerins bretons de l'an mille (Tro Breiz).

Je pense également que la randonnée est une excellente idée, mais il faut qu'elle se passe dans la région : golfe du Morbihan ou bois de Trédion et ses environs.

Je sais qu'il y a de superbes balades à faire du côté d'Arradon et de Séné... Et pourquoi ne pas faire le tour de l'île aux Moines, avec pique-niques !

Golfe du Morbihan un jour ? Et fort de Trédion/Lanvaux le lendemain ?

Bon mélange, non ?

Par une heureuse ironie du sort, en août 2010, ce « beau mélange » trouva un territoire à sa mesure. Le chef d'escadron Beltrame, creuset réussi des spiritualités bretonne et normande, arrivait en effet à la tête de la compagnie de gendarmerie d'Avranches. De Beuvrigny à Savigny-le-Vieux, et de Catteville à Virandeville, difficile de faire plus normands que les toponymes du département de la Manche, pourtant limitrophe de l'Ille-et-Vilaine bretonne. Mais ce qui compte ici à nos yeux, c'est que, parmi les attributions de son nouveau poste, il lui revenait d'assurer la sécurité du Mont-Saint-Michel : un joyau du patrimoine mondial de l'humanité et un emblème chrétien qui représentent une cible terroriste exceptionnelle.

Officiellement, le Mont est aujourd'hui monument normand. Mais il est disputé depuis des temps très anciens par les deux rives du Couesnon, le fleuve côtier qui marque la frontière entre Bretagne et Normandie. En 708, à la fondation du Mont, la Normandie n'existe pas encore, quant aux Bretons, ils ne s'intéressent pas au monastère. Ce n'est qu'un siècle plus tard qu'il commence à être un enjeu entre les deux territoires. Dès lors, il ne cessera de passer de l'un à l'autre, mais ses moines bénédictins continuent de marquer leur indépendance. Aujourd'hui, la question n'est toujours pas résolue. En 2008, deux ans avant l'arrivée d'Arnaud à Avranches, le maire du Mont-Saint-Michel remplaça le drapeau européen, en piteux état, qui flottait à l'entrée du village par un drapeau noir et blanc. Le drapeau breton… Mais au bout de deux semaines, devant le concert d'imprécations, il dut faire machine arrière.

En tout cas, le Mont n'a cessé d'être indéfectiblement catholique, et Arnaud a souvent témoigné de sa fascination pour ce lieu ouvert à tous les visiteurs, à la fois monument historique et centre spirituel. De nombreux mails expriment son sentiment, comme celui-ci :

> J'ai le plaisir de vous inviter (dans la joie et l'allégresse) pour fêter mon 40e anniversaire
>
> SAMEDI 20 AVRIL À 19 h 30
>
> Nous dînerons ensemble dans un superbe restaurant, un ancien relais de poste du XVIIe siècle, situé à Avranches.
>
> Bien entendu, tous les enfants sont invités. L'espace est clos et ils pourront gambader dans la cour du relais. Dimanche midi sera servi sur la pelouse de mon humble demeure. Sous le soleil normand, bien évidemment ! (Des tentes seront prévues !)
>
> Ce week-end pourrait aussi être l'occasion de belles visites :
>
> — l'incontournable et majestueux Mont-Saint-Michel (accès gratuit pour vous !!)
>
> — le scriptorial d'Avranches avec ses étonnants manuscrits vieux de sept siècles (ceux du Mont-Saint-Michel).

Breton ou normand, peu importait alors, mais Arnaud connaissait sans nul doute ce proverbe breton, où, à propos d'un joyau chrétien, s'expriment une nouvelle fois les forces magiques à l'œuvre dans la nature :

« Le Couesnon dans sa folie a mis le Mont en Normandie. Et quand le Couesnon retrouvera sa raison, le Mont redeviendra breton. »

Merlin ou Viviane y pourvoiront peut-être.

5

« La vache ! Ça fait du bien. »

Avec Arnaud, nous avons partagé beaucoup. Les années d'enfance à Chalo, le chalet perdu, l'amour de notre mère, la forêt et les champs, les bagarres, les jeux. La Corse et le Morbihan. Plus tard, le sport, les arts martiaux, des films, des acteurs issus des arts martiaux, le goût de la famille, le sens de la fête, des idées et des inquiétudes, la rectitude chevillée au corps. Des années dans une caserne, à Nanterre. D'abord Damien, puis Cédric, donc pas vraiment tous ensemble. Quand nos goûts étaient proches, ils n'étaient pas toujours exactement superposables, et la fratrie s'enrichissait de ces petites différences. Nous nous sommes opposés aussi, surtout sur notre père, Arnaud contre ses frères. Et puis, parfois, l'un de nous échappait à l'influence des autres, le trio se transformait en duo sans que personne n'en souffre. Chacun ses goûts. Voilà ce qui est arrivé avec la musique. Avec l'irruption de la musique metal dans la famille. Arnaud n'aimait pas le rap et le reggae, il ne s'intéressait ni à la dance ni à la techno. Pas plus à la pop. Il aimait « I like to move it, move it », la chanson house de Reel 2 Real reprise dans *Madagascar*, mais c'était vraiment une exception inexplicable, comme souvent en musique. Et s'il adorait danser le rock, sa playlist en la matière se limitait à Indochine et au premier album des Guns N'Roses, le plus hard de leur discographie.

Si Cédric a échappé à l'ascendant d'Arnaud, moi, Damien, je baigne encore dans le bain brûlant de la musique metal. Et cette passion de notre aîné pour le « gros son », les guitares déchaînées, le rythme violent des percussions, sans parler de paroles souvent épiques, pleines de bruit et de fureur, démontre combien Arnaud était multiple. Certes, les musiciens metal peuvent aussi écrire de douces et mélancoliques ballades, mais le genre reste « clivant ». « Clivant », c'est un des adjectifs qui revient le plus souvent chez les spécialistes du genre, même si certains affirment qu'il ne choque plus que « les franges les plus traditionalistes de la population ». Et même si ce genre musical est totalement étranger au bric-à-brac fascisto-luciférien-macabre auquel on l'associe encore trop souvent. « Tradi », pourtant, était peut-être le mot préféré de notre frère, celui qui revenait sans cesse dans sa bouche : pour Arnaud, Saint-Cyr était tradi, les uniformes étaient tradi, il aimait passionnément la tradi, la répétition immémoriale des mêmes gestes et des mêmes récits, la transmission, de génération en génération, des mêmes valeurs. Mais il ne refusait pas pour autant d'être de son temps. Dans une chronique, le matin de l'hommage national aux Invalides, Éric Zemmour l'a célébré comme « l'héritier des chevaliers » plutôt que des vedettes de la téléréalité. Un homme « qui ne refusait pas le carcan des traditions », mais « qui s'enfermait volontairement dans ce carcan ». C'est vrai, mais partiellement vrai. Il n'était pas le preux chevalier des *Visiteurs*, qu'un sortilège envoie, avec sa cotte de mailles, jusqu'à nous. Le metal nous le rappelle. Ou alors imaginez un templier en perfecto, clouté peut-être, une épée dans une main et une guitare saturée dans l'autre.

Arnaud était à la fois tradi et moderne. Il n'aimait pas moins son siècle que celui des templiers ou de la légende arthurienne. Profondément enraciné, pas moins relié à ses contemporains. Il pouvait vibrer en écoutant de la musique militaire lors d'une cérémonie et rêver sur les mélodies celtiques de Loreena McKennitt ou les tubes de Tri Yann. Il pouvait écouter dans le recueillement les chants grégoriens des moines de l'abbaye de Timadeuc et « pogoter » lors d'un concert parisien de Megadeth, descendu avec moi dans le « moshpit », la fosse devant la scène. Pour Arnaud comme pour moi, le « pogo » n'était pas seulement l'occasion de tester notre endurance physique, au milieu d'une meute de fans déchaînés, mais un moment où nous nous sentions intensément vivants.

En fait, Arnaud, s'il aimait inconditionnellement le metal, avait des styles et des groupes de prédilection. Il n'appréciait pas le black metal, trop centré sur la haine du christianisme. Le versant sombre de l'être humain. Il restait fidèle au thrash metal, la version la plus rapide, agressive et puissante du metal de l'époque.

Pour lui, cette musique ne se résumait pas aux martèlements rythmiques, aux stridences des instruments et des voix, à la ferveur du public. Les paroles des chansons étaient essentielles, des paroles qui lui semblaient souvent écrites pour lui et qui, aujourd'hui, résonnent pour moi, Damien, si tristement, parce qu'elles n'évoquent plus uniquement la vie des guerriers, mais la mort des héros.

« Metal Militia », de Metallica, était sans doute une des chansons préférées d'Arnaud. Des paroles pleines de rage, une musique nerveuse. À la fin du morceau, le bruit chaotique d'une scène de guerre et de soldats en marche résonnant au milieu des obus et des balles. Une apologie des vertus guerrières qui a sans nul doute nourri la vocation militaire de l'enfant d'une dizaine d'années.

« Blood of Heroes », une chanson du groupe Megadeth, comptait aussi beaucoup pour lui. Je me souviens qu'il m'en avait traduit les paroles et qu'il fredonnait le refrain : « Still alive, blood of heroes, never die, they never die. » « Encore en vie, sang des héros, ne meurent jamais, ils ne meurent jamais. » Arnaud m'expliquait en effet que les héros vivent éternellement. Il ne faisait pas référence alors à une quelconque transcendance. Si les héros demeurent éternellement présents, c'était, disait-il, dans le cœur et la mémoire de ceux qui leur survivent. La force de conviction d'Arnaud, si caractéristique, était déjà manifeste et, du haut de mes 13 ans, je buvais ses paroles.

Aujourd'hui, ce refrain résonne très fortement dans mon esprit, comme cet autre morceau mythique du même groupe inspiré par la guerre du Golfe, « Holy Wars » : « Brother will kill brother, spilling blood accross the land, killing for religion, something I don't understand. » « Les frères s'entretueront, répandant le sang à travers le pays, tuer pour la religion, je ne le comprends pas. » Certains contesteront peut-être cette référence, qu'ils jugeront en contradiction avec la foi d'Arnaud. Je n'y vois nulle contradiction, mais, à nouveau, une expression de l'infinie complexité de notre frère. À l'époque, il était encore loin de sa conversion religieuse.

Il ne s'agit pas d'une question de dates. Plutôt d'une question de valeurs : Arnaud passait beaucoup de temps dans ses livres d'histoire et de géopolitique et n'ignorait rien des dérives guerrières des religions. Ce sont ces dérives qu'il réprouvait, et il n'a pas changé d'avis sur ce point. Plus important :

je ne crois pas qu'Arnaud ait cherché tout au long de sa vie un système de valeurs qui lui conviendrait, une longue quête qui expliquerait à la fois son « retour » au catholicisme et son engagement maçonnique. Je crois au contraire qu'à l'époque où nous chantions ensemble « Holy Wars », il avait déjà forgé sa morale. Il s'est ensuite tourné vers ceux qui partageaient sa conception du bien et du mal, qu'il n'a cessé de porter haut à travers les années et tous ses engagements.

C'est pourquoi je ne me suis jamais étonné que « Disposable Heroes », un autre titre de Metallica, soit également l'un de ses morceaux de prédilection. Là, il n'était plus question de la nécessité du combat mais de son absurdité et des généraux blasés qui, par gloriole, envoient leurs jeunes soldats à la mort. Plus exactement à une mort inutile, ne répondant à aucune nécessité tactique et stratégique, simplement destinée à satisfaire l'ego d'officiers incompétents. Comme, en 1917, les offensives à outrance de Nivelle, perdues d'avance et qui avaient causé la perte de dizaines de milliers d'hommes. Arnaud était capable d'entendre ce message, sans ressentir aucune contradiction. Il était tout sauf un pacifiste, pas un va-t-en-guerre non plus. Tous les conflits ne se valaient pas à ses yeux, certains étaient légitimes, quitte à mourir sur le champ de bataille. Sans jamais considérer uniquement ses hommes comme de la chair à canon.

Back to the front
You will do what I say, when I say
Back to the front
You will die when I say you must die,
Back to the front [...]

Retourne au front
Tu obéiras à mes ordres, quand j'en donne l'ordre
Retourne au front
Tu mourras à mon commandement, tu dois mourir
Retourne au front

Je viens principalement d'évoquer le metal côté scène. Groupes, chansons, paroles et musique. Je voudrais maintenant passer à une autre scène, quand Arnaud et moi étions le seul public. Dans une totale communion entre nous. Souvent chez nous. Je le ferai sous une forme quelque peu désordonnée, comme autant de riffs de guitares soulignant le souvenir, doux ou épique, d'un moment partagé.

Pendant mon enfance, chaque cassette audio, puis chaque CD étaient un trésor, amoureusement stocké sur les étagères d'Arnaud. Nous ne disposions pas de l'abondance dématérialisée qui fait notre bonheur aujourd'hui et nous étions obligés d'écouter les mêmes albums en boucle, jusqu'à l'usure des bandes magnétiques.

Arnaud mettait parfois ce qu'il avait de plus « bourrin », Slayer, Exodus ou Testament, nous grimpions sur son lit à deux places et nous nous bagarrions gentiment, à coups d'oreillers, clefs de bras maladroitement réalisées et manchettes simulées. Nous nous poussions en beuglant, toujours avec le sourire, toujours en suivant le rythme du morceau. Notre mère avait peur d'un accident, mais rien de tel n'est jamais arrivé.

Nous avons été longtemps obsédés par la cassette du concert live d'Anthrax, à la consternation des autres membres de la famille. Après avoir mis en marche notre antique et pesant magnétoscope, nous dansions frénétiquement dans notre petit salon. À 8 ans, je finissais à genoux en scandant dans un anglais approximatif mâtiné de yaourt les refrains de « I Am the Law ». Quand Arnaud essayait de m'expliquer les paroles, j'étais souvent trop occupé à plaquer des accords virtuoses sur une raquette de tennis en plastique. Pour que l'illusion soit parfaite, nous reproduisions aussi les mouvements de tête des deux guitaristes.

Arnaud m'avait offert la cassette de *Rust in Peace*, un album de Megadeth qui tournait en boucle dans mon baladeur. Quelques années plus tard, *Painkiller*, de Judas Priest, toujours en cassette, a rejoint la pile de ses cadeaux et la liste de mes coups de cœur. Pour lui, Arnaud avait acheté le CD. Il savait que je serais heureux de l'écouter dans une « bonne version », c'est-à-dire sans tous ces bruits parasites provoqués par l'usure des supports. Notre frère a fini par égarer son disque au fil des déménagements et c'est moi qui, pas loin de quinze années plus tard, le lui ai offert. Nous vivions ensemble à Nanterre, et, à chaque voyage en voiture, nous nous repassions l'album sans jamais nous lasser.

« J'adore toujours autant ce passage.

— C'est vraiment un des meilleurs albums au monde.

— Oui, rien n'est à jeter. »

Le CD est maintenant dans ma voiture et je l'écoute régulièrement.

Un dernier souvenir. Nous sommes en 2014. Je sens Arnaud dans une situation un peu difficile, car ses fonctions de conseiller au ministère de l'Écologie le laissent insatisfait. Il n'écoute plus de metal, mais nous décidons de passer une soirée au Motocultor Festival, qui a lieu tout près de Trédion. Notre cousin Johann s'est joint à nous. Arnaud est déjà couvert de médailles et il a pris du galon. Il s'est converti au catholicisme et il est devenu franc-maçon. Mais il reste néanmoins fidèle à ses premières amours musicales. Un concert a suffi à ranimer la flamme qui l'animait. Il est prêt à remettre ça et il va « pogoter » toute la soirée, comme autrefois. Notre frère pogote sur KREATOR. Et entre deux chansons du groupe thrash allemand, il nous lance : « La vache ! Ça fait du bien. »

6

Combats rapprochés

Le 21 août 2015, un Thalys quitte la gare d'Amsterdam pour Paris. Il est 15 h 17. À son bord, Anthony Sadler, Spencer Stone et Alek Skarlatos, trois jeunes Américains qui voyagent en Europe. Trois amis d'enfance, un étudiant et deux militaires, dont l'un est membre de l'US Air Force et l'autre réserviste de la Garde nationale. Également présents, qui joueront un rôle important, un professeur franco-américain nommé Mark Moogalian, un Français qui a souhaité rester anonyme, et un passager britannique.

Lors de l'arrêt à Bruxelles embarque un citoyen marocain, identifié comme islamiste radical dans plusieurs pays, dont la France, où il est fiché S. Cachés dans un sac, une kalachnikov, neuf chargeurs de trente munitions (cinq cents personnes sont à bord), un pistolet 9 mm et un cutter. Le terroriste s'enferme dans les toilettes, mais trop longtemps pour Mark Moogalian, qui se lève, de même que le jeune Français. C'est alors que le terroriste ouvre la porte, sa kalachnikov à la main. Aussitôt, le Français le saisit par-derrière, tandis que Mark Moogalian essaie de lui arracher son arme. Il y parvient, fait demi-tour pour s'éloigner, mais le djihadiste sort son pistolet et lui tire une balle dans le dos, qui transperce le poumon gauche avant de ressortir par la gorge. L'hémorragie est importante, la victime peut mourir rapidement.

Le coup de feu a alerté les trois Américains, dont la voiture est à côté. En se retournant, Spencer Stone a juste le temps d'apercevoir le tueur dans le couloir. Il est en train de charger sa kalachnikov, récupérée près de l'homme qu'il a blessé. Stone est à plusieurs mètres, mais il bondit sans réfléchir et s'élance vers le tireur, qui a le temps de le mettre en joue et d'appuyer sur la détente. Heureusement, l'arme s'est enrayée, Spencer Stone parvient à faire tomber le terroriste, qu'il essaie d'immobiliser d'une clef dans le dos.

Au même moment, ses deux camarades, au sol également et de face, sont engagés dans un combat très violent avec le terroriste marocain, qui semble enragé. Avec son cutter, il réussit à porter des coups nombreux à Spencer, pourtant derrière lui, lui entaillant profondément la gorge et les mains. Et il résiste aux dizaines de coups de massue que les Américains, dont deux soldats athlétiques, lui assènent au visage. Il leur faudra de longues minutes pour prendre le dessus et lui attacher les mains, avec l'aide d'un quatrième homme, un passager britannique. Spencer trouvera encore la force de comprimer la blessure de Mark Moogalian, lui sauvant la vie. Bilan du combat : un terroriste hors d'état de nuire, un carnage évité de justesse grâce à quelques passagers. L'un est dans un état grave, un autre est couvert de lacérations, tous sont pleins de sang et sonnés par l'ultra-violence du corps à corps.

Pourquoi parler aussi longuement de cet attentat déjoué ? Pour plusieurs raisons.

La première est que tous ces passagers ont été célébrés et décorés, quelques jours plus tard, par le président François Hollande. Célébrés comme des « héros ». On nous demande trop souvent quel aurait été l'image d'Arnaud s'il avait terrassé son geôlier ou s'il avait survécu à ses blessures. Aurait-on considéré qu'il n'avait fait que son devoir ? Pour nous, la réponse est évidente. Nous avons toujours refusé d'accorder un prix supplémentaire à la mort. Vivant, Arnaud n'en serait pas moins un héros.

La deuxième porte le nom d'un cinéaste qu'Arnaud appréciait. Très vite en effet, Clint Eastwood décide de porter l'odyssée du Thalys au cinéma. Rien d'extraordinaire, sinon le casting. Puisque les trois Américains jouent leur propre rôle, de leurs années de formation au 21 août 2015. Ce choix sera très largement contesté par la critique. Spencer Stone, Alek Skarlatos et Anthony Sadler ne révèlent certes pas de grands talents d'acteur. Mais là n'est pas l'essentiel. L'essentiel est dans la scène de combat au sol. Dans son caractère « dégueulasse ». Dans ces coups de poings, de crosse, puissants et maladroits à la fois, et dans la résistance stupéfiante du djihadiste. Voilà sans doute pourquoi Eastwood a banni les vedettes hollywoodiennes, la lutte âpre mais aseptisée, des mouvements contrôlés, une résolution trop aisée. Non, ce que le cinéaste a voulu nous donner à voir, dans la confuse exactitude de ce qu'aurait pu être un documentaire, c'est cette hystérie nouvelle qui, à tout moment, peut transformer le couloir d'un TGV en abattoir ou en hôpital.

Une guerre où l'adversaire, galvanisé par son fanatisme et qui semble impossible à « éteindre », ne se rend pas. Un écrivain s'était demandé il y a quelques années : « Que peut un corps ? » Il voulait dire qu'on ne sait jamais ce dont il est capable, pour le meilleur. Le corps des records sportifs, celui des maladies surmontées. À cette question en a succédé une autre : « Que peut le corps d'un djihadiste ? » On l'ignore. Pour le pire.

Ce qu'on découvre en revanche dans cette scène, c'est que les arts martiaux, ces vénérables pratiques appuyées, souvent, sur une sagesse, sont ici sans effet. Devenus des sports, ils peuvent embellir l'existence, mais rarement nous sauver. Si, contre une arme, le rapport est par trop asymétrique, il ne faut attendre aucun miracle. Contre un fanatique hystérisé, le combat rapproché demande d'autres gestes, moins sages, plus efficaces, sans être jamais une garantie de victoire. Nous le savions bien avant la mort d'Arnaud, parce que, tous les trois, à un haut niveau, nous avons aimé pratiquer les arts anciens, les sports de combat ou les plus récentes techniques de défense.

Arnaud ne pouvait supporter de perdre. Et quand l'occasion se présentait, c'était presque toujours prétexte à une bagarre entre nous. C'est donc aussi pour se défendre de son frère aîné, et pas seulement pour prendre le dessus sur son père, que Cédric s'est initié aux arts martiaux, jusqu'à devenir ceinture noire de taekwondo.

La situation était différente pour Damien. Trop jeune, il n'avait aucune chance face à Arnaud. « Parfois, nous nous battions, et je pleurais. » Pour Cédric en revanche, la situation s'était équilibrée : « À 14 ans, je ne supportais plus mon père, mais j'avais les combats. Éric, notre oncle paternel, était encore vivant. Marié à une Japonaise très sympathique, Iromi, il pratiquait l'aïkido. Moi, à cette époque, la boxe française. Nous discutions beaucoup d'arts martiaux et de philosophie, ensemble nous faisions des exercices, du katana.

Éric m'avait demandé de me livrer à une démonstration (sur un petit arbre dans le jardin de la bergerie à la Cala d'Alivo), et il m'avait expliqué que mon style, avec ce type de coups de pied, ressemblait plus au taekwondo. Par la suite mon ami Sébastien, que j'avais rencontré au club de boxe française, m'entraînera dans un club de taekwondo et ce sera effectivement une révélation. »

Arnaud, quant à lui, s'était mis au krav-maga, une technique de self-defense dont le nom signifie « combat rapproché » en hébreu. Inventée dans les années 1930 par Imi Lichtenfeld pour protéger les Juifs de Bratislava, elle avait été adoptée ensuite par les forces de sécurité israéliennes, puis par de nombreuses armées ou services de police à travers le monde. Sa particularité est d'utiliser des mouvements naturels, et non la chorégraphie codifiée caractéristique des arts martiaux. Un combat sans règles et sans compétitions. La pratique du krav-maga occupait une place importante pendant les stages de l'EPIGN. Arnaud nous avait raconté que, au cours des tests d'entrée, il devait se battre quatre à cinq heures par jour. Il était si fatigué que le moindre impact pouvait être dangereux. Il profitait donc de chaque moment d'inattention de l'instructeur pour ralentir le rythme du combat. Encore une fois, la force brute et l'endurance n'étaient pas ses seules qualités. Il savait s'adapter à une situation pour améliorer son efficacité.

Les arts martiaux m'ont toujours intéressé, se rappelle Damien, car j'avais sous les yeux l'exemple de Cédric. À 12 ans, à Saclas, j'ai commencé le karaté, que j'ai arrêté à 16. J'ai fini avec la ceinture marron car j'étais trop jeune pour la noire. J'ai repris la compétition en arrivant en Bretagne, à 19 ou 20 ans. J'avais commencé à m'entraîner en MMA, *Mixed martial arts*, ce sport de combat qui allie plusieurs techniques, mais mon accident de vélo a marqué une longue pause. C'est bien plus tard, en arrivant chez Arnaud, qu'il m'a proposé de faire du krav. Nous sommes en 2007, j'ai 26 ans. Je suis toujours en reconstruction maxillaire.

« Frangin, le krav-maga, c'est super. Plus complet que la boxe. On prend moins de coups au visage et on t'achètera un casque. Et puis, Rudolph, l'instructeur, est un pote. »

Il m'a montré quelques techniques, comme de désarmer un couteau. Frapper les parties génitales de son agresseur ou se défaire d'un étranglement. Quelques jours plus tard, Rudolph, sympathique mais bourru, a choisi d'aller au plus court : « C'est toi, le faible ? C'est bon, ton frère m'a briefé. » Je me suis dit en rigolant que mon frère ne perdait rien pour attendre.

Je cherchais depuis longtemps une pratique efficace et j'ai été séduit. Car karaté et taekwondo ne permettent pas de se battre dans la rue de façon optimale. Arnaud n'était pas un spécialiste du krav, mais il avait acquis un bon niveau. Les cours, qui avaient lieu dans la caserne de Nanterre, étaient suivis par des gendarmes, mais aussi par d'autres militaires et des membres des Forces spéciales. Arnaud et moi avons participé à quelques séances ensemble, mais il a rapidement cessé de venir, il n'en avait plus le temps. Moi, j'ai continué, poussé par Arnaud, et je suis finalement devenu instructeur, comme Rudolph. Le krav est une pratique extrêmement complète. On peut taper avec les mains, les pieds, les genoux, avec des armes diverses, on peut combattre au sol. La tentative de créer une version sportive, d'organiser des compétitions, s'est soldée par un échec. Il ne s'agit donc que de l'une des formes les plus efficaces du « close combat » militaire. D'ailleurs, « close combat » revenait souvent dans la bouche d'Arnaud, qui avait eu parfois à en faire usage, à Avranches notamment. On avait appelé les gendarmes pour un forcené sur la route. En arrivant avec ses hommes, notre frère était tombé sur une espèce de bûcheron, très costaud et à moitié bourré, qui s'était mis à les invectiver. Puis, très vite, avant qu'ils n'arrivent à son niveau, il avait sorti de son coffre une tronçonneuse, qu'il avait voulu mettre en marche. Aussitôt, sans prendre le temps de réfléchir, Arnaud s'était jeté sur lui avant de l'immobiliser.

Cet épisode peut susciter une question impossible à éluder. Pourquoi, à Trèbes, notre frère n'a-t-il pas mis en œuvre cette technique de combat ? La réponse est désespérément simple : il est très difficile d'affronter un couteau, quel que soit son niveau. Cédric est 5e dan de taekwondo, je suis quant à moi ceinture noire et instructeur de krav. Pourtant, face à une telle arme, je m'enfuirais, sauf si ma fille ou ma femme étaient en danger. Dans la rue, les coups de couteau n'ont pas les trajectoires parfaites qu'on dévie à l'entraînement. Lorsqu'ils sont portés frénétiquement, il est difficile de ne pas se faire taillader. On m'a enseigné des gestes fluides, on m'a appris à récupérer la main, à virer sur le côté, mais je sais qu'un affrontement avec un adversaire hystérique finira au sol. En bloquant l'arme du mieux que je pourrai, je devrai lui porter des coups violents pour la lui faire lâcher.

Ce que le krav peut nous apporter dans de pareilles circonstances, ce sont des automatismes. Réflexes de blocage ou de parade. Comment placer instinctivement ses mains pour protéger ses veines. Ne jamais attraper la lame. C'est pour cette raison qu'à l'entraînement, nous nous battons parfois contre des couteaux électriques, qui nous envoient une décharge quand nous les touchons. Sans parler de leur bruit très stressant. Avant le combat, l'instructeur passait dans les rangs et nous envoyait une première décharge. Comme pour conditionner des chiens, afin que nous comprenions combien le couteau faisait mal et pourquoi le garder le plus loin possible. Pour moi, il ne s'agissait plus de krav, mais d'une expression de l'instinct de survie. Il faut oublier sa technique de base et se préparer à un combat sans merci. Le plus important, j'insiste là aussi, c'est le premier mouvement. Dès que l'adversaire attaque, on essaie de détourner son couteau, puis on se jette sur lui comme l'on peut. Des coups violents au visage avant de s'enfuir en courant. Mais Arnaud ne pouvait s'échapper. Sans doute ne le voulait-il pas. Il n'avait donc d'autre solution que de foncer sur le djihadiste pour l'immobiliser après l'avoir désarmé. Même un instructeur de très haute volée, qui a répété ces gestes des milliers de fois, n'est pas assuré de venir à bout d'un assaillant hystérique armé d'un couteau. Le videur d'une boîte de nuit, qui prenait des cours de krav, m'a expliqué qu'il avait vu une femme de cinquante kilos, complètement droguée, résister à trois colosses de cent vingt kilos chacun. Avant de tomber, le terroriste qui, en 2017, avait tué un policier sur les Champs-Élysées, a été atteint de treize balles.

En krav, nous nous mettons dans des situations comparables, en évaluant de façon très réaliste nos chances de réussite. On l'a vu pour les couteaux. C'est aussi le cas des pistolets. Si l'adversaire est proche, excité, qu'il agite son arme sous nos yeux, il est considéré comme prenable. S'il est à trois mètres et ne nous lâche pas du regard, a fortiori s'il nous tient en joue, il est quasi impossible de bouger… Conclusion implacable : on ne peut désarmer quelqu'un dont l'arme est à plus de trente centimètres de notre position. On a beaucoup trop répété que l'assassin d'Arnaud était un petit dealer sans aucune expérience militaire, mais le petit dealer, armé d'un couteau de chasse, avait déjà tué à plusieurs reprises. On peut penser en outre qu'une telle expérience n'est pas nécessaire : il suffit d'avoir vu des films.

Beaucoup préféreraient gérer un pistolet plutôt qu'un couteau. Face à un couteau, je le répète, on est quasi sûr d'être touché. Avec un pistolet, dès qu'on a détourné la ligne de feu, aucun mouvement n'est impossible. Tenter de l'arracher à l'agresseur présente alors moins de danger. À la différence du couteau, seul le canon est dangereux.

Je voudrais revenir à tous ceux, y compris des proches d'Arnaud, qui ne comprennent pas qu'un militaire d'élite se soit fait tuer. En réalité, notre frère n'était plus, à cette période, surentraîné. Il l'avait été, quelques années plus tôt, lorsqu'il avait été intégré à l'EPIGN, mais il ne suivait plus ces formations intensives réservées aux Forces spéciales. Pour être au sommet en krav-maga, un entraînement régulier, plusieurs heures par jour pendant plusieurs années, est indispensable. Arnaud réussissait tout juste à sauver quelques heures de temps en temps. Ce geste de désarmer un pistolet, je l'ai probablement accompli des milliers de fois. Arnaud des centaines. Les instructeurs du Mossad cent mille, et ils feront peut-être la différence. Mais courir sur un pistolet, c'est parier sur un événement absolument imprévisible, une heureuse surprise : une défaillance humaine ou mécanique. Dans l'attentat du Thalys, si la kalachnikov du terroriste ne s'était pas enrayée, le passager très entraîné qui bondit de son siège pour fondre sur lui n'avait aucune chance. Car atteindre une cible à quelques mètres, dans un étroit couloir de train et avec une arme de guerre, est malheureusement à la portée de n'importe quel djihadiste débutant… Nous nous sommes parfois entraînés à ce genre de situation, contre des pistolets à billes : mission impossible.

Qu'aurait dû faire le lieutenant-colonel Beltrame à Trèbes ? À la lumière de ces analyses, peut-on considérer que le geste d'Arnaud était bien, comme nous en sommes certains, un choix calculé ? Avait-il la certitude de venir à bout physiquement du preneur d'otages ? Il faut rappeler qu'il n'y avait pas de caméra dans la salle des coffres. Qu'Arnaud a pris sa décision en étant, littéralement, aveugle. Quand il l'a vu pour la première fois, le terroriste lui a-t-il semblé peu sûr de lui ? Avait-il rapidement élaboré un plan ? Décidé de passer à l'action en fonction des réactions de cet homme ? Voulait-il gagner du temps en attendant le tir d'un sniper ? Après son appel à l'assaut, y a-t-il eu combat, corps à corps, ou Arnaud a-t-il été atteint aussitôt par les coups de pistolet ? On ignore si l'assassin a tiré trois balles ou si une balle a pu causer deux lésions. Ce qui est sûr en revanche, c'est que notre frère présentait trois blessures, outre sa plaie à la gorge :

– une au niveau de l'avant-bras gauche, avec une importante fracture du radius ;

– une sur la paume de la main gauche, avec arrachement de la dernière phalange de l'auriculaire ;

– une au niveau du troisième orteil du pied droit.

Ces blessures, qui n'étaient pourtant pas létales, ont-elles annihilé ses capacités de projection, le rendant incapable de se battre ? Quoi qu'il en soit, il est évident que s'il était tenu en joue et qu'il a couru sur son ennemi, ses chances étaient infimes. Il n'avait pourtant pas le choix. Tenter le tout pour le tout plutôt que d'attendre en se résignant n'est pas un sacrifice, c'est un acte de bravoure.

J'ai parlé du cinéma. Son influence est double. Il permet à un individu dépourvu de toute formation au combat d'acquérir quelques gestes de base. Après tout, il arrive que les scénarios soient écrits ou relus par des hommes de l'art, et que des experts supervisent les tournages. Mais il est une autre conséquence, néfaste celle-là : quand la supervision se limite à la seule technique, à l'enchaînement des mouvements, au calibre des armes et à la couleur des uniformes, le script peut décider, lui, qu'il n'est pas irréaliste que le héros solitaire vienne à bout d'un homme armé d'un couteau. Et, pour les amateurs de Jean-Claude Van Damme et de Steven Seagal, l'exceptionnel devient ainsi la règle. Il est arrivé que lors d'une soirée, l'un de mes amis réponde à la provocation d'une bande qui nous regardait de travers. Même à trois ou quatre contre un, il était persuadé qu'il ne risquait rien puisque j'étais là. Ce qui est pure folie. Il faut savoir qu'en krav, on peut s'entraîner à un contre un, ou à un contre deux, etc. Cette dernière configuration n'est pas deux fois plus difficile pour celui qui se bat seul, mais quatre ou cinq fois. Si le duo est inexpérimenté, il est possible de s'en sortir à force de mouvements et de déplacements. En revanche, si la doublette est au même niveau, leur adversaire n'a aucune chance. On le constate quand on suit les combats de l'UFC, l'*Ultimate Fighting Championship*, sport numéro un mondial qui suit les règles unifiées du MMA : deux adversaires du même niveau doivent parfois se battre pendant vingt-cinq minutes pour qu'émerge le vainqueur. Imaginez si l'un d'eux tenait une arme blanche, ou, pire, un pistolet. Le combat serait très vite expédié.

Au-delà de la décision d'Arnaud, nous ne pouvons esquiver une question plus générale, souvent posée lors des hommages à notre frère auxquels nous sommes conviés. Quelles consignes donner à quelqu'un qui serait confronté à ce genre de situation ? Faut-il intervenir inconditionnellement ? Convient-il de sauver sa vie avant tout ? Nous sommes tous deux d'accord sur un point : le niveau de la menace doit, seul, déterminer la réponse. Pour le reste, comment édicter une loi universelle ? Car nous balançons, à chaque fois, entre deux impératifs contradictoires : « À l'impossible, nul n'est tenu » et « Fais ce que tu dois ». Sauf, peut-être, les héros, voués au second.

7

Connaître son ennemi

On se souvient des vers célèbres de *La Marseillaise* : « Nous entrerons dans la carrière quand nos aînés n'y seront plus. » Quand Arnaud était entré, à son tour, dans la carrière, beaucoup de ses glorieux aînés y étaient encore, mais, sur son échiquier géostratégique, les menaces qu'ils avaient eues, sinon à affronter, du moins à penser et à prévenir, avaient changé de cadre, de puissance et de mode opératoire. Il regardait souvent sur son ordinateur une courte vidéo qui montrait en accéléré comment les frontières du monde avaient bougé depuis mille ans. Héritière de nos ennemis héréditaires, ces adversaires autrefois taillés sur mesure, la menace polaire, celle des guerres froides, presque toujours unique et glacée et qui menaçait tout un camp du terrible hiver nucléaire, avait succombé en apparence au réchauffement diplomatique. Arnaud était devenu militaire à l'âge imprévisible des poudrières, il ne s'en félicitait pas mais cette permanente reconfiguration des dangers lui offrait la possibilité de mettre à l'épreuve un de ses traits les plus remarquables, son génie de l'opportunité. Ce génie, il en usait dans la vie. C'est lui qui lui avait soufflé, à chaque échec aux concours de Saint-Cyr ou de l'École de guerre, des voies alternatives pour préserver ses chances de devenir général. Il s'exprimait dans toutes les situations, car Arnaud était bien l'homme de ce que les Grecs nommaient autrefois le « Kairos » : la capacité à saisir l'occasion, à lire dans une situation les possibles qu'elle recèle. Lorsqu'il nous livrait ses analyses sur ces nombreuses poudrières, capables d'exploser et de changer la face du monde très rapidement, nous pensions qu'en effet, il était bien le soldat de cette nouvelle donne, lui dont le maître mot avait toujours été : « se tenir prêt », même si, nous expliquait-il, avec ses quatre-vingt-dix mille fantassins, la France n'était pas la mieux placée. Bien sûr, Arnaud avait accès à des informations secrètes, qui nourrissaient subtilement sa réflexion. Très souvent, il commençait ainsi ses analyses : « Je ne peux pas trop en parler, mais... » En tout cas, s'il était évidemment un homme d'action, les opérations hors-sol, engagées sans le recul de l'Histoire et de la réflexion, lui semblaient vaines et risquées.

Nous parlions souvent de la Chine. Pour lui, la méthode des Chinois avait toujours été d'absorber les populations conquises, prélude à leur dissolution dans ce grand bain unificateur. Il ne leur prêtait d'ambition militaire que régionale, en aucun cas contre l'Europe ou les États-Unis. De la Russie, lui qui avait été le compagnon d'une jeune femme slave, Maria, il appréciait l'âme, les traditions et les chants militaires, et il s'émouvait des vingt millions de morts pendant la Grande Guerre patriotique. Quand nous parlions de ces pays, ses analyses étaient exclusivement géostratégiques, jamais morales : les intérêts de la France lui importaient plus que les droits de l'homme.

Pour autant, il n'était pas un défenseur inconditionnel de l'histoire de sa patrie. Chez Arnaud, le primat accordé au respect des ordres et à la discipline n'annihilait pas la volonté de comprendre. Comme dans le cas si controversé des guerres coloniales. Il nous expliquait que les Belges avaient été les plus violents et les Anglais des pillards paresseux, mais il connaissait aussi les exactions commises par l'Empire ottoman et les invasions arabes, qui n'avaient rien à envier aux conquêtes occidentales. L'Indochine revenait beaucoup dans nos discussions, nimbée d'une aura romantique à cause de notre grand-père. Enfin, il parlait sans tabous de l'Algérie qui, pour lui, n'aurait pu demeurer la France. Mais il défendait le général Bigeard. Il admettait que, dans certaines conditions, la torture était une option envisageable.

L'islam et l'islamisme, qu'il avait toujours pris soin de distinguer, étaient un autre sujet essentiel. Il pouvait évoquer sans fard les massacres perpétrés par les croisés et rappeler que Saladin, premier sultan ayyoubide, avait épargné certains ennemis lors de la troisième croisade. Ce personnage très ambigu était tout à la fois capable de confier l'exécution des chevaliers faits prisonniers à des exécutants sans expérience du sabre, mais aussi de racheter l'enfant d'une femme franque pour qu'il retrouve sa mère. Il avait lu attentivement la Bible, mais Cédric l'avait invité à se plonger dans le Coran, qu'il avait étudié avant d'entamer ses voyages professionnels en Afrique du Nord, puis son expatriation aux Émirats arabes unis. Dans la Torah également et dans les grands livres sacrés hindous et bouddhistes, les Vedas et la Triple Corbeille, ces trois recueils appelés « Tripitaka ». Cette culture religieuse lui était précieuse lorsqu'il devait préparer une « planche » pour les francs-maçons. Son souci de perfection était tel qu'il y consacrait toujours beaucoup de temps. En revanche, si sa culture générale et militaire ne lui était d'aucun secours pour comprendre et pour avancer, alors elle perdait tout intérêt à ses yeux. C'est pourquoi Arnaud ne prisait guère les loisirs.

Il aimait en revanche nos discussions sur l'histoire de l'islam. Sur son âge d'or ou sur ses versions ottomane, perse ou saoudienne, toujours opposées. Nous regardions la carte pour comprendre comment, en 1916, Français et Anglais, Monsieur Picot et Mister Sykes, avaient dépecé l'Empire ottoman pour dessiner la nouvelle carte d'un Moyen-Orient aux États sans racines et sans nations, mais favorables aux intérêts énergétiques et culturels des deux pays. C'était également la grande époque des fameuses « sept sœurs », les plus grandes compagnies pétrolières du monde, qui s'étaient tranquillement partagé leurs zones d'influence au cours d'une simple partie de chasse, en 1928.

Arnaud savait qu'il était impossible de retracer la naissance de l'islamisme et son développement en faisant fi de la géopolitique et de l'histoire de l'or noir. Comment voir un hasard dans la destruction par l'État islamique, en 2014, du mur de sable édifié par les accords Sykes-Picot entre l'Irak et la Syrie ? La remise en cause de ces accords figurait d'ailleurs explicitement au programme de Daech et, là où l'unification politique avait échoué avec la faillite du panarabisme, le califat voulait réussir, porté par l'arme du pétrole. Cette même arme qui avait permis l'expansion du salafisme, un mouvement venu d'Arabie saoudite, pourtant alliée des États-Unis. Avec la manne pétrolière était venu le temps de l'émancipation.

Mais Arnaud comprenait que le déferlement des pétrodollars aurait été impuissant si l'islam ne formait pas un système complet, ayant vocation à tout gérer, de l'existence spirituelle mais aussi matérielle de ses fidèles, des prières aux rituels ou au mariage, des prêts monétaires, les « sukuk », à l'organisation d'une entreprise. Il était particulièrement sensible à cet aspect : parce que la loi islamique ne laisse rien au dehors, y compris tout ce qui concerne l'organisation de la vie sociale, les mouvements djihadistes n'éprouvaient aucune difficulté à se muer en puissance temporelle, à gouverner des villes ou à prétendre s'ériger en État. Un État de charia sans points communs avec nos États occidentaux. Et sans plus de rapport avec le catholicisme, qui ne gère plus que lui-même.

Arnaud estimait que faire une trop grande place à l'islamisme et au terrorisme excite les coupables et séduit les impétrants, comme lorsqu'on fait le décompte des voitures brûlées la nuit du 31 décembre. Il savait que l'immense majorité des musulmans qui peuplent la planète (entre un milliard et trois cent mille et un milliard et huit cent mille fidèles, selon les différentes estimations), sont pacifiques, mais il était sans angélisme et avait une claire conscience de qui était l'ennemi.

Les vagues successives d'immigration l'inquiétaient, non de crainte d'un « grand remplacement » auquel il ne croyait pas, mais parce qu'il redoutait qu'elles ne soient le terreau de l'islamisme. C'est le risque auquel exposait le nombre, les cinq millions de musulmans vivant en France. Depuis qu'il avait découvert Singapour, il avait affiné son regard sur la France : ici, expliquait-il, on avait parqué tout le monde ensemble, dans des cités incontrôlables. À Singapour, des quotas par origines avaient été fixés afin de garantir la mixité, à la grande satisfaction de la population. Les règles de la vie communautaire étaient également très strictes, sous l'œil, il est vrai, d'un nombre incroyable de caméras de surveillance.

Pour lui, le danger pouvait venir également de dévoyés de l'islam, ne connaissant leur religion qu'approximativement. Il était vent debout contre le voile, contre les prosélytes, mais il détestait tout autant ces musulmans affichant leur zèle et qui, en réalité, ne lisent jamais le Coran, ne connaissent bien ni les prières, ni les ablutions. Pour lui, ces musulmans entachaient l'image de leurs coreligionnaires.

Notre frère n'était pas vraiment Charlie, mais le massacre de onze personnes au siège du journal, en janvier 2015, l'avait accablé. Tout de suite, il nous avait affirmé que le pire était devant nous. Que beaucoup de jeunes étaient déjà partis et qu'on avait réagi trop tard. Mais il était conscient des impasses du tout militaire. On ne pouvait mettre un soldat derrière chaque gamin, la solution était en grande partie civilisationnelle. Après le Bataclan, nous lui avions demandé ce qu'il aurait fait :

« J'y serais allé. J'aurais essayé de choper une arme. Ce que veulent les islamistes, ce n'est pas combattre le catholicisme, mais s'attaquer à notre mode de vie, régner par la terreur. Et je suis prêt. »

Voilà pourquoi Trèbes ne nous a pas surpris.

Après la mort d'Arnaud, une femme nous a écrit : « Je suis musulmane et ces gens n'ont rien à voir avec nous. » Nous lui avons répondu que, dans ce cas, les musulmans devraient être en tête du combat anti-salafistes.

Peu de musulmans anonymes se sont manifestés, à quelques exceptions près, comme un ami algérien. Cet ingénieur très religieux, comme en témoigne le cal qu'il arbore sur le front, a fait la guerre contre les intégristes dans les années 1990 et nous a témoigné son émotion.

8

Profession de foi

Même si nous avons été tous les trois baptisés à notre corps défendant, nous sommes nés dans une famille largement déchristianisée qui n'avait retenu du catholicisme que les occasions de festivités familiales, tels les Noëls de Chalo ou de Trédion, et les mariages religieux. Ou quelques aspects plus folkloriques que religieux, comme l'intérêt porté aux saints du calendrier – particulièrement dans le cas d'Arnaud. Notre frère est né un 18 avril, le jour de la Saint-Parfait. Ce moine de Cordoue fut exécuté en 850 pour avoir expliqué, à l'invitation de deux musulmans qui lui avaient promis l'impunité, que Mahomet n'était qu'un faux prophète et Jésus le seul sauveur. Mais, avec Arnaud, rien n'était jamais univoque. Pendant plusieurs dizaines d'années, son anniversaire ne fut pour lui que l'occasion de célébrer avec ironie sa propre perfection, et pour ses amis celle d'acquiescer en souriant ou de s'amuser de ses défauts, évidemment multipliés pour la circonstance. Et c'est bien comme une plaisanterie qu'Arnaud Saint-Parfait a assumé si longtemps ce surnom débarrassé de son origine tragique et éminemment polémique, puisque certains s'appuient sur les martyrs de Parfait et de Nathalie pour nier l'existence d'Al Andalous, ce fameux islam des lumières voué à la coexistence pacifique des religions. Cette phrase rituelle, c'était : « Je suis né le jour de la Saint-Parfait, et ce n'est pas un hasard. »

D'ailleurs, même les croyants les plus fervents semblent perdre la culture de leur foi. Car ce n'est pas l'un des inconditionnels du martyre – thèse absurde et obscène du sacrifice volontaire de notre frère – qui a relié la naissance d'Arnaud à la mort d'un saint égorgé pour sa foi, mais bien nous, ses frères, parfaits athées mais sans sectarisme, qui en avons parlé à notre mère ainsi qu'à Marielle, la femme d'Arnaud. Pour elle aussi, pourtant catholique érudite, la Saint-Parfait n'avait été, au cours de leurs deux ans de mariage, qu'un raccourci psychologique, l'invitation à vanter des qualités humaines plutôt que l'affirmation théologique d'un récent converti.

Ce retour à la religion d'Arnaud est balisé par quelques dates, dont beaucoup sont peu connues. Bien sûr, nul n'ignore plus qu'il devait se marier religieusement avec Marielle le 9 juin 2018. Qu'il avait envoyé quelques jours avant sa mort une déclaration d'intention au père Jean-Baptiste, l'un des chanoines de l'abbaye de Lagrasse, qui les préparait au mariage. Nous savons aussi qu'il avait reçu sa première communion et sa confirmation en 2010, après deux ans de catéchuménat. Qu'il avait accompli le pèlerinage de Sainte-Anne d'Auray en 2015, puis s'était fiancé à l'abbaye de Timadeuc, pendant Pâques 2016. En revanche, sa conversion est pour nous plus difficile à situer. Elle remonte sans doute à ses 33 ans. Même s'il croyait à un principe supérieur depuis bien plus longtemps.

Arnaud connaissait notre athéisme intransigeant, mais ne redoutait pas nos questions et nos réserves sur son catholicisme. Nous n'étions certes pas ses interlocuteurs privilégiés en la matière mais, à l'exception des opérations couvertes par le secret Défense, aucune discussion n'était interdite au sein de la fratrie. Y compris les plus délicates, que notre frère ne cherchait pas à éviter.

Pour mon mariage, se remémore Cédric, une cérémonie religieuse a été organisée à l'église de Trédion. Damien avait été mon témoin civil a Singapour, et Arnaud lui succédait à l'église en France. « Tu vois, m'a-t-il dit, toi aussi tu as changé d'avis. » Ce n'était pas vraiment le cas, et il le savait. D'ailleurs, à chacune de nos discussions, je lui conseillais de ne pas s'enfermer dans une croyance, comme il l'a fait selon moi dans l'euphorie de sa vie amoureuse avec Marielle, pour laquelle la foi était centrale. D'ailleurs, devant sa capacité à se remettre en cause, je n'excluais pas que, dans trois ou quatre ans, il prenne du recul.

En tout cas, Arnaud n'était pas un croyant naïf animé de la simple foi du charbonnier. Dans nos longues conversations, il pouvait opposer à mes solides convictions athées des réponses argumentées, très éloignées des élans ineffables auxquels nous avaient parfois habitués, dans nos jeunes années, des croyants moins sophistiqués.

Je lui expliquais qu'il me fallait du concret, renchérit Damien, que j'avais besoin de preuves. Que, certes, seules soixante-dix guérisons miraculeuses sur les quelque sept mille cas déclarés avaient été authentifiées à Lourdes depuis les débuts du sanctuaire, mais toujours par l'Église, au niveau diocésain pour les cas les plus simples, par les instances vaticanes quand il s'agissait de déterminer la sainteté d'un candidat à la canonisation. Ce qui n'avait aucune portée pour moi, en dépit d'une sélection en apparence impitoyable.

Parce que j'essayais d'être un incrédule à la hauteur du croyant qu'était mon frère, je savais donc également que dix-huit apparitions mariales, pas une de plus, avaient été validées par l'Église, dont je connaissais les critères officiels. Pourtant, rendues publiques en 2012, ces normes établies à la fin des années soixante-dix par la célèbre Congrégation pour la doctrine de la foi m'apparaissaient trop fantaisistes pour nourrir vraiment nos débats, qui duraient parfois des heures. Estimant que Dieu n'était qu'une aide virtuelle créée par le cerveau, en aucun cas une force tangible capable d'un impact sur le réel, l'univers, notre planète et sa population, je trouvais plus logique et sain de m'en passer. La rigueur que prétendait m'opposer Arnaud était pour moi sans aucun rapport avec un exercice rationnel. Car « la moralité » du visionnaire, ainsi que sa « docilité ordinaire à l'endroit de l'autorité ecclésiastique », constituaient autant de signes dépourvus de valeur à mes yeux.

Arnaud restait en tout cas toujours étonnamment ouvert à la discussion.

Lorsque Cédric lui expliquait qu'il y avait plus de différences entre un sunnite et un chiite qu'entre un chrétien et un musulman, il ne balayait pas l'argument d'un revers de main. Sans jamais se scandaliser, il répondait avec intérêt : « Ah bon, ah bon, je vais faire des recherches. »

Arnaud mettait souvent fin à ses échanges avec Damien en lui rappelant qu'il n'était qu'un être humain. Au fond, le dogme et les institutions l'intéressaient peu, même s'il appréciait de rencontrer des prêtres et de partager pour quelques jours la vie des moines de Timadeuc. Et même si le catholicisme était pour lui indissociable de l'histoire de France et de son paysage, comptait avant tout le sentiment religieux, l'évidence de la foi. Il croyait à une force supérieure. Damien lui suggérait de ne pas l'appeler Dieu, mais la force, ou la source de toutes choses. « Dieu, c'est la religion. Je rejette la religion, mais je comprends ta foi. Pourquoi te rendre dans une église pour invoquer cette force, pour parler à un dieu ? Si tu priais sous un dolmen, tu rencontrerais de toute façon le même Dieu. » Pour Damien, il était un croyant « hardcore », c'est-à-dire plus enclin à chercher Dieu à sa source, en arpentant la lande bretonne, les calvaires et les petits sanctuaires dissimulés par les broussailles, que pendant l'office dominical, au milieu de « sa » communauté, dont il n'avait pas besoin pour s'entretenir avec Dieu et puiser cette « énergie » dont il parlait souvent.

Nous pourrions bien sûr éclairer par notre histoire familiale tourmentée cette évolution d'Arnaud. Expliquer que chacun d'entre nous a tenté de se dissocier de la figure paternelle comme il l'a pu, et que, pour lui, cette tentative a emprunté bien des chemins spirituels, des pratiques druidiques à l'exploration du magnétisme celte, avant de s'arrimer au catholicisme. À une foi qui était bien plus une recherche de paix intérieure qu'une croyance aux miracles bibliques et à la résurrection. Une foi parfaitement compatible avec l'histoire bretonne, élisant une géographie totalement réversible. De même, la décision de confier la recherche de l'épouse idéale à un site de rencontres chrétien satisfaisait sans doute en lui le désir d'un couple soudé par la foi, capable d'éviter les soubresauts qui avaient condamné notre famille. Un couple « tradi » pour une famille immarcescible.

Ces explications par le contexte seraient séduisantes pour les incroyants que nous sommes, mais elles présentent un inconvénient majeur : celui de nous transformer en entomologistes et notre frère en objet d'étude. Comme si nous détenions seuls la vérité sur un parcours dont Arnaud, aveuglé, mû à son insu par des forces obscures, n'aurait pu saisir la véritable dimension. Une mauvaise réponse à un authentique problème. Comme si notre athéisme était le seul point de vue acceptable sur le monde. Or, il est certain que ce catholicisme antidogmatique, cette passion effusive, même si Arnaud était très loin de s'y réduire, était devenu une part importante de son existence. C'est pourquoi, plutôt que de l'interpréter, nous avons préféré restituer nos conversations ou décrire comment sa foi, devant nous, savait se faire discrète, ou pleine d'humour, parfois au bord de ce que les plus sectaires auraient tenu pour scandaleux. Comme cette plaisanterie sur les curés pédophiles que ses premiers biographes ont racontée au premier degré, comme une remarque factuelle, délestée de sa charge ironique, peut-être insupportable à beaucoup : « Tiens, encore un curé qui s'intéresse aux enfants. »

Et Arnaud préservait ainsi sa si précieuse liberté d'être énigmatique, complexe, vivant. Ayant peut-être embrassé la religion de l'amour en homme amoureux, fait sien l'idéal chrétien de fraternité en adepte inconditionnel de toutes les fraternités (mais pas en défenseur acharné d'une fraternité inconditionnelle qui aurait inclus son assassin) et parce que le catholicisme magnifie la figure du Père.

Comme si, pour lui, cette « force » dont il parlait puisait toujours aux racines les plus intimes et à la source familiale.

9

Frère maçon

« En France, la fraternité est une vieille cousine qui s'est fondue dans le décor, mais qui fait tapisserie, et personne ne l'invite à danser. » Arnaud, lui, n'a jamais oublié cette vieille cousine dont parle Régis Debray dans *Le Moment fraternité*. Au contraire, il n'a cessé de la convier à ses côtés, rappelant à tous la belle histoire de cette aïeule en beauté, les grands moments d'une vie admirée par bien des thuriféraires, feuilletant son album photo sans hésiter à esquisser régulièrement quelques pas de danses modernes avec elle. Pour montrer à tous les convives qu'elle n'avait rien perdu de sa vitalité. Sur les pavés disjoints des églises romanes, mais aussi, à la surprise de beaucoup, adeptes des identités simplifiées, sur les parquets cirés des loges maçonniques. Oui, peu après la mort du lieutenant-colonel Beltrame, la France découvrit, souvent avec surprise, parfois avec incompréhension, et quelquefois avec hostilité, recouvrant par exemple le Super U de Trèbes d'inscriptions antimaçonniques, que le soldat du christ était aussi un adepte, pas moins héroïque, de ce que l'on appelle le « rite écossais ». Très exactement celui pratiqué par la GLDF (Grande Loge de France), dans une de ces expressions totalement énigmatiques pour le non-initié : « le rite écossais ancien et accepté ».

Cette révélation avait pris la forme d'un communiqué, publié dès le 24 mars 2018 par le Grand Maître de la Grande Loge de France, Philippe Charuel.

« C'est avec une profonde émotion que les Frères de la Grande Loge de France ont appris aujourd'hui le décès de leur Frère, le lieutenant-colonel Arnaud Beltrame, membre de la Respectable Loge Jérôme Bonaparte à l'Orient de Rueil-Nanterre.

Ils s'associent pour rendre un vibrant hommage à cet homme "parti en héros", qui a fait preuve d'un sens du devoir et du sacrifice exemplaire. Cet acte de bravoure et son patriotisme sans faille ont permis de sauver des vies et rappelle qu'il ne faut jamais plier face à la barbarie.

Toutes les pensées de nos Frères accompagnent sa famille en cet instant d'une grande tristesse.

La Grande Loge de France continue de saluer les représentants des forces de l'ordre de la République qui combattent toutes les formes d'ostracisme, de xénophobie et de terrorisme, en un mot toutes les formes de rejets des autres, nos Frères et Sœurs en humanité. »

Si la Maçonnerie s'interdit toute prise de position

dans les débats politiques et religieux, elle en avait profité pour réaffirmer là l'importance fondatrice de la fraternité.

Ce qui donna lieu à un débat d'obédiences, un grand journal catholique n'hésitant pas à affirmer que notre frère aîné n'était plus celui auquel les maçons rendaient hommage et qu'il s'était éloigné de la GLDF. À nous, ses frères de sang, il est difficile d'apporter à ce sujet une réponse définitive. Mais nous n'avons guère de raison de douter des éléments fournis aussitôt par le Grand Maître, dont certains étaient corroborés par nos propres discussions avec Arnaud. Comme son initiation en 2008. Philippe Charuel ajoutait qu'il était devenu Maître maçon en 2012, qu'il exerçait aussi la fonction d'« expert », chargé du respect du rituel, et que, même depuis son installation dans le Sud, il continuait de participer autant que possible aux « tenues » des Hauts-de-Seine. Sans oublier son implication dans la Fraternelle de la gendarmerie.

Décidemment, une nouvelle fois, Arnaud échappait à ceux qui pensaient pouvoir l'enfermer dans une identité figée, monolithique. Son cœur ne balançait pas entre la foi catholique et la croyance maçonne. Non, il était l'un *et* l'autre, aussi hétérodoxe soit cette alliance pour l'Église. Mais on l'a dit dans les pages consacrées au christianisme, seule comptait la foi à ses yeux, pas les anathèmes et les exclusives dogmatiques des institutions.

En tout cas, comme pour sa conversion catholique, c'est en pointillés que nous avons suivi son initiation maçonnique. Mais, plus encore que pour la première, nos échanges ont toujours été marqués par une très grande liberté de ton et d'arguments.

Arnaud a parlé à Damien de son entrée en Maçonnerie un soir où ils dînaient tous les deux. Il lui a expliqué qu'il devait rester discret, mais qu'il était devenu membre de la Grande Loge de France et qu'il était incapable de nous le cacher, pas plus qu'à notre mère. D'autant que Maurice, le compagnon de Nicolle, également franc-maçon, avait été son parrain. Maurice cherchait pour Arnaud un lieu qui soit proche de Nanterre, où il avait été affecté à la direction de la première compagnie de gardes républicains, et il était tombé sur la Loge Jérôme Bonaparte. Lui qui était un admirateur de l'empereur, dont Jérôme était le plus jeune frère, avait été séduit par le nom et avait pris contact avec Michel Marquant, un lieutenant-colonel de gendarmerie qui habitait Maisons-Alfort. Damien n'a découvert que plus tard que cette Loge était située à Rueil-Malmaison. Arnaud ne tarissait pas d'éloges sur cette ville et sur sa forêt, mais il était toujours resté muet sur son insertion dans le tissu maçonnique local. Il devait être présent deux fois par mois pour travailler et préparer les « planches ». Au début, disait-il, l'apprenti demeure silencieux.

Une année entière, pendant les « tenues » en loge, sans possibilité d'exprimer son point de vue sur les exposés ni de poser des questions à l'orateur. Ce silence cesse pendant les « agapes » et hors du temple, et aussi à la fin de cette première période, lorsque l'apprenti a des planches à présenter. Comme dans tout ce qu'il faisait, Arnaud s'était investi totalement. Et il racontait avec fierté qu'il avait réussi à contourner cette interdiction de parler, mais sans révéler comment.

Je l'ai évidemment interrogé sur ses motivations, se souvient Damien. Très librement, comme toujours entre nous. J'étais persuadé qu'à une époque où la Maçonnerie souffrait d'une image désuète, voire ridicule (à cet égard, le point de vue de Cédric, qui avait été informé en 2009, était bien plus critique), plus proche des banquets radicaux-socialistes de la Troisième République que de *La Flûte enchantée* de Mozart, opéra maçon par excellence, ou des idéaux de la Révolution française, le désir de se constituer un réseau était premier pour lui qui voulait plus que tout devenir général. En réalité, Arnaud avait d'abord insisté sur la dimension fraternelle qui régnait à la Grande Loge, dont la devise reproduisait d'ailleurs délibérément celle de la République française, « Liberté, égalité, fraternité ». C'est aussi cette primauté des sentiments fraternels qui s'exprimait selon lui au travers des multiples associations caritatives fondées par la Loge, et qui portaient des noms aussi significatifs qu'« Entraide fraternelle » ou « La poignée de main maçonnique ». Puis il avait vanté l'intérêt des discussions philosophiques qu'il pouvait y mener et, enfin, mais seulement en dernier ressort, cette entraide fraternelle si souvent reprochée aux francs-maçons. Il n'avait sur cet aspect aucune fausse pudeur et il m'avait expliqué très simplement que la gendarmerie serait prochainement mise sous tutelle du ministère de l'Intérieur, comme la police, et ne dépendrait donc plus de la Défense. Or, il était notoire que les policiers comptaient de nombreux maçons dans leurs rangs, à tous les niveaux, mais particulièrement parmi les hauts fonctionnaires. Cette adhésion était donc aussi un moyen de n'être pas noyé par ce futur rapprochement. Bien sûr, comme toujours, ce n'était pas les grands bureaux et les ors de la République qui lui importaient, mais la capacité de faire entendre sa voix, d'impulser des orientations et d'atteindre le grade auquel il n'avait pas l'intention de renoncer malgré la réforme.

En marquant la place essentielle de la fraternité, il avait tenu à souligner que la maçonnerie était pour lui entièrement compatible avec le catholicisme. Ce soir-là, je découvris d'ailleurs que, si ses amis catholiques semblaient de son propre aveu peu nombreux, ses camarades maçons étaient en revanche disponibles et attentifs, notamment à ses travaux, les fameuses « planches » prononcées au temple. Sa première, il l'avait consacrée à une passion de jeunesse, qui ne l'avait jamais abandonné depuis : les Templiers. On aurait pu redouter que ces soldats du Christ, chargés de protéger les pèlerins sur le chemin de Jérusalem et qui ne reculaient pas devant une extrême férocité lors des combats en Terre sainte, ne soient pas un premier sujet idéal pour les adversaires de toute violence religieuse ou dogmatique, hostiles aussi à l'idée de vérité révélée. Et, pourtant, c'est cette « planche » qu'un Frère, un de ses proches amis maçons, avait choisi de lire lors de la cérémonie d'hommage à Arnaud, en avril 2018.

En fait, on pourrait tenter de résumer cette double appartenance par son intérêt commun pour les Templiers et pour les Hospitaliers. Ces derniers, qui donnèrent naissance plus tard aux chevaliers de l'Ordre de Malte, avaient créé à Jérusalem, dès le XIe siècle, un hôpital ouvert à tous les pèlerins, quelles que soient leurs religions et leurs origines. Même si les Hospitaliers étaient bien, en définitive, un ordre catholique qui a toujours placé au premier plan la défense de la foi (« *Tuitio Fidei* »), la seconde partie de leur devise, « *Obsequium Pauperum* », « servir les pauvres », et les nombreux projets d'assistance humanitaire mis en œuvre de nos jours par l'Ordre de Malte en faisaient en apparence, pour un regard extérieur, une institution beaucoup plus compatible avec les impératifs maçonniques que ne l'était la règle militaire des Templiers, chevaliers disparus depuis la dissolution de l'Ordre par le pape Clément V en 1311. J'ai découvert, en discutant de cette « planche », que certains historiens établissent une filiation entre la maçonnerie et l'Ordre du Temple. Moins radicaux, d'autres décrivent simplement le parcours de quelques templiers, réfugiés en Écosse pour échapper aux persécutions, qui sont devenus membres de loges dont le caractère occulte les protégeait. D'où une influence réciproque. C'est à ces relations que notre frère avait consacré son travail, tentant de démêler à son tour les mythes et les faits. Les maçons revendiquent aussi une relation avec la corporation des tailleurs de pierre, d'inspiration chrétienne. Seulement, voilà, les célèbres Constitutions d'Anderson, texte maçonnique de base, fait l'impasse sur le dieu révélé. Car le Grand Architecte n'a rien d'un dieu personnel.

Au cours des dernières années, la bibliothèque d'Arnaud s'était enrichie de quelques ouvrages défendant, contre la doctrine catholique, la possibilité d'être à la fois « fils de l'Église » et « fils de la veuve », ou invitant tout au moins les chrétiens à plus de mansuétude à l'égard de ces derniers. Le 23 mars au soir, j'ai notamment découvert chez lui *Comment être franc-maçon et chrétien*, de Xavier Tacchella. Il nous avait également parlé de *Peut-on être chrétien et franc-maçon ?*, un livre très ouvert écrit par monseigneur Rey, alors évêque de Fréjus, dans un bel esprit de conciliation. Bien sûr, monseigneur Rey ne pouvait condamner « mise en garde et rejet de l'Église », il appelait surtout à abandonner « diabolisation », « injures » et « anathèmes ». Mais nous savions que ce point de vue était très loin de faire l'unanimité et que la position de la papauté n'avait jamais varié depuis la critique très ferme de Clément XII en 1738, une vingtaine d'années après la naissance officielle du mouvement maçonnique. Sans compter les ouvrages de francs-maçons « défroqués », frappés par la lumière de Lourdes et vouant désormais leur ressentiment à donner raison aux attaques catholiques, comme Maurice Caillet. Si son livre principal portait un titre très proche de celui de monseigneur Rey, sa charge était férocement caricaturale. Rien de moins « tradi » que la franc-maçonnerie en matière d'existence. Puisque, comme l'exprimait un ancien Grand Maître de la GLDF dans les années 1970, « pas de vérités éternelles, que des traditions, constamment remises en question ». Et sur le plan théologique, une déclaration du cardinal Ratzinger, dûment approuvée par Jean-Paul II, rappelait en 1983 que « le jugement négatif de l'Église sur la maçonnerie n'a pas changé. Les catholiques qui en sont membres sont dans un état de péché grave et ils ne sauraient approcher de la sainte communion ». Ce que l'on pourrait tenir pour le déisme de la Grande Loge et la place prépondérante occupée dans le rituel par la Bible, une des « trois Grandes Lumières » présentes dans les loges, « exposée et ouverte avec l'Équerre et le Compas », ne changent rien à cette condamnation sans appel.

Pour Arnaud, la rigueur du protocole et le respect des règles prévalaient, et il n'est pas surprenant qu'il soit devenu un « expert ». De même que la recherche de la vérité, avec ses « planches ». Il voulait toujours progresser, intellectuellement et spirituellement. Et le Grand Architecte avait un sens pour lui. Tout comme l'importance de l'entraide fraternelle, qui n'était pas à ses yeux un moyen de faire monter les mauvais (ou pas toujours), mais aussi celui de promouvoir les meilleurs des Frères et de ses amis. Il était toujours resté discret, comme il nous l'avait expliqué. Pourtant, une maréchale des logis nous a appris que le matin de sa mort, il avait révélé à ses hommes, pendant leur pause-café quotidienne, qu'il était maçon. En fait, cette discrétion était absolue à l'égard des catholiques, en revanche il ne cherchait pas à dissimuler à ses Frères sa foi religieuse. Il avait fait une exception pour Marielle, qui, m'avait-il expliqué, avait très bien réagi. Mais je crois qu'elle s'était alors éloignée du catholicisme et qu'Arnaud l'en avait rapprochée à nouveau.

Beaucoup de choses ont été écrites sur cette présumée incompatibilité entre catholicisme et maçonnerie, bien des arguments polémiques, accusations de récupération, luttes intestines entre obédiences concurrentes, rôle moteur de notre famille dans la décision de révéler qu'il était membre de la GLDF. Beaucoup trop sans doute et j'ai tenu, sur ces sujets, à n'évoquer que les souvenirs de mes discussions avec mon aîné. Mais je n'ai pas oublié non plus le magnifique hommage rendu au colonel Beltrame par la GLDF, dont le Grand Maître avait annoncé qu'un temple porterait son nom au siège, même si mon récit, celui d'un profane, pourra sembler bien naïf ou facétieux à un Frère. Le 19 avril, la Grande Loge avait organisé une « tenue funèbre », rue de Puteaux, dans le Temple Pierre Brossolette, autrefois un bâtiment religieux. Comme une chapelle imposante dans un immeuble en plein Paris. À 19 h 30, la cérémonie avait commencé, en présence de nombreux dignitaires de la Franc-Maçonnerie, y compris des autres obédiences, et devant près de quatre cents personnes. J'avais entendu quelques noms avant de m'installer, mais j'étais incapable de reconnaître, par exemple, le Grand Maître du Grand Orient. Un seul visage m'était familier, celui du porte-parole du président de la République, Bruno Roger-Petit. J'avais pris place à la droite du Vénérable Maître de la Loge d'Arnaud, qui compara notre frère à Jean Moulin et Pierre Brossolette. Les maçons les plus élevés dans la hiérarchie étaient rassemblés à ma droite : niveau 33, tous octogénaires, et pas une femme. Assis sur un siège dont le dossier faisait quatre mètres de haut, j'avais décliné l'invitation de prendre la parole. Devant nous, un cercueil vide représentait celui d'Arnaud et je me suis levé à deux reprises pour y déposer une rose. Après que le Grand Maître a allumé l'encens, le Frère et ami de la Loge de Rueil a lu la fameuse « planche » sur « L'héritage des Templiers dans la Franc-Maçonnerie moderne », pendant une quinzaine de minutes. Philippe Mazy, général quatre étoiles, président de la Fraternelle de la gendarmerie et directeur des personnels militaires de cette arme, lui a succédé. Son discours m'a bouleversé : il avait choisi de ne rien éluder des échecs d'Arnaud, mais pour leur donner un sens et décrire comment, à chaque fois, ce dernier les avait surmontés, ou, plus justement, contournés. Sans langue de bois ou précaution diplomatique, il n'avait pas hésité à expliquer que s'il avait été recalé à l'École de guerre, c'était en raison de l'inimitié d'un haut gradé, à qui il faisait de l'ombre. À la fin de la cérémonie, pendant que nous discutions, il a couvert Arnaud d'éloges.

J'ai quitté le temple en donnant la main à Philippe Charuel et nous nous sommes tous retrouvés pour dîner dans un restaurant, où j'ai passé la soirée avec trois des Frères d'Arnaud. Plus seulement des compagnons de loge, mais aussi de virées, de week-ends et de barbecues. L'un était un fonceur iconoclaste, l'autre savait capter l'attention de sa voix forte, le troisième, le plus idéaliste, également catholique, évoquait la maçonnerie comme un jeu.

Ce soir-là, j'ai vraiment ressenti combien comptaient les fratries pour Arnaud, et comment, désormais agrégées aux deux premières, celle qui nous liait pour toujours, et celle de ses frères d'armes, une troisième, plus récente mais pas moins intense, s'était constituée : celle des Frères maçons. Le catholicisme était aussi pour lui un idéal fraternel, mais il n'avait pas d'amis catholiques. S'il admirait les moines de Timadeuc, les moines de Timadeuc n'étaient pas, je crois, ses amis.

10

L'intention et la fin

Arnaud aimait beaucoup *La Chute du faucon noir.* Le film de Ridley Scott reconstitue de façon très réaliste une mission américaine en Somalie, qui tourne au fiasco sanglant pour un groupe de Rangers et de soldats de la Delta Force. Coincés dans Mogadiscio aux mains des seigneurs de la guerre, ces hommes attendent d'être récupérés par des hélicoptères qui sont abattus les uns après les autres. Deux tireurs d'élite des Forces spéciales décident d'aller secourir un des pilotes, blessé et sur le point d'être massacré par les milices en armes qui convergent vers son appareil. Les sergents Shughart et Gordon survolent la scène et ne peuvent donc rien ignorer de la situation, très compromise. Pourtant, avant de les autoriser à sécuriser la zone du crash, le général Garrison, qui dirige l'opération « Gothic Serpent », demande à leur parler directement : « Pouvez-vous me confirmer à haute et intelligible voix que vous êtes pleinement conscient de ce qui se passe ? Je ne peux absolument pas vous dire quand les renforts arriveront. » Les deux hommes confirment, Garrison autorise leur largage à proximité de l'hélicoptère. Shughart et Gordon extirpent le pilote de la carlingue et résistent à leurs assaillants avant d'être tués, à court de munitions. Le pilote, en revanche, est fait prisonnier et aura la vie sauve.

Arnaud appréciait particulièrement cet épisode. Savait-il que, dans la réalité, Shughart et Gordon avaient dû répéter leur demande à trois reprises avant l'accord de leur commandement ? Que, outre le pilote, trois autres soldats, grièvement blessés, se trouvaient dans l'hélicoptère ? Que tous avaient été transportés hors de l'appareil par les deux snipers, qui avaient assuré la défense de leurs camarades jusqu'à leur mort ? Que, dans leur pays, Shughart et Gordon étaient devenus de grandes figures héroïques, tous deux célébrés par une « Medal of Honor », la plus haute distinction militaire des États-Unis, jamais plus décernée depuis le Vietnam ? Qu'ils avaient donné leurs noms à des collèges, des lycées, des bateaux… ? Peut-être pas, en dépit de son immense culture en la matière. Nous avons nous-mêmes découvert ces éléments lors de l'écriture de ce livre. Mais ce ne sont pas les similitudes avec la mort de notre frère qui nous intéressent. À l'évocation de *Black Hawk Down*, des parallèles frappants viennent à l'esprit, mais ils ne nous apprennent rien sur les dernières heures d'Arnaud. À une exception, qui justifie de consacrer une telle place à ce film. Comme pour notre frère, de nombreux commentateurs ont salué le sacrifice de Randall Shughart et de Gary Gordon. « Sacrifice », vraiment ? Pour Arnaud, la réponse ne faisait aucun doute. À ses yeux, l'opération était certes extrêmement risquée, mais sa fin tragique n'était pas écrite d'avance et il ne s'agissait en aucun cas d'une opération suicide, autrement dit d'un sacrifice. C'était « jouable ». Et ce que le film, dans la concentration dramatique qu'il opère et en dépit de quelques distorsions, donne à voir, c'est que l'impératif des deux hommes était de porter secours à leurs camarades, que tout s'effaçait devant cet objectif. Ils devaient y aller, non pas « très vite », surtout pas « dès que possible », mais « immédiatement ». Ce qui explique qu'ils aient risqué leurs vies sans avoir fait le plein de munitions et s'être équipés pour soutenir un long siège. Pas le temps. Mais il s'agissait de tenir jusqu'à l'arrivée du convoi de secours, pas de s'offrir en victimes.

Dès les premières heures qui ont suivi l'assaut des gendarmes, nous avons dû affronter ces tentatives de récupération masochiste. Arnaud était trop souvent présenté comme un fou de Dieu qui se serait, lui aussi, offert au supplice. Tout de suite, nous avons compris que cette version, limitée d'abord aux réseaux sociaux et aux journaux en ligne, risquait de s'étendre. Notre mère a tenu à exprimer son profond désaccord dès le dimanche soir, sur TF1.

La rumeur, car c'est bien d'une rumeur qu'il s'agit à nos yeux, en grande partie répandue par des propagandistes qui ignoraient tout d'Arnaud, ne s'est pas éteinte pour autant. La presse papier et la télévision ont succédé aux réseaux sociaux, faisant servir son acte à la défense de leurs causes. Des causes parfois mal en point, qu'ils espéraient revivifier. Nous avons pu découvrir ainsi, au long d'articles fastidieux, qu'Arnaud était nourri de la longue tradition des pères rédempteurs, trinitaires et mercédaires, qui pratiquaient la « suppléance ». C'est-à-dire qui échangeaient leur personne contre les prisonniers des barbaresques incapables de payer leur rançon. Certains ont cité saint Paul (« Pour un homme de bien, peut-être osera-t-on mourir »), d'autres saint Jean (« Nous devons nous aussi donner notre vie pour nos frères »). Des érudits ont écrit qu'il était un nouveau Sérapion, saint martyrisé à Alger en 1240. De moins savants, mais plus nombreux, qu'il avait mis ses pas dans ceux de Maximilien Kolbe, un franciscain béatifié pour avoir pris la place, en 1941, d'un père de famille qui allait être enfermé dans un bunker d'Auschwitz pour y mourir de faim avec neuf de ses compagnons. Que de saints ! Sans oublier le calendrier, qu'on a fait délirer à son tour. Arnaud était tombé la veille des Rameaux, et sa mort dramatique devait s'interpréter à la lumière de la Passion du Christ ! Le Christ qui a donné sa vie sur la croix pour ses frères. En résumé, on nous expliquait que « seule sa foi peut expliquer la folie de ce sacrifice qui fait aujourd'hui l'admiration de tous ». Sans oublier ce cri glaçant et mortifère, cet appel à la mort que notre frère, nous en sommes sûrs, aurait combattu de toutes ses forces : « Son héroïsme saisissant va susciter, je le crois, de nombreux imitateurs, prêts au don d'eux-mêmes pour la France et sa joie chrétienne. »

C'est en espérant en finir une fois pour toutes avec cette thèse inique du sacrifice que nous avons voulu lui consacrer ici un chapitre. Car on dresse ainsi un parallèle pervers entre Arnaud et son assassin, tous deux voués volontairement à la mort. Dans une image inversée, puisque le premier aurait fait le don de son existence pour sauver la vie d'un otage, et le second afin de pouvoir tuer sans freins, sans redouter d'être tué à son tour. Surtout, on s'interdit de rien comprendre au geste du lieutenant-colonel Beltrame. D'une victime sacrificielle, on donne en exemple la foi, l'abnégation, le renoncement assumé. Alors que c'est bien le courage d'Arnaud qui doit nous inspirer. Entretenir le mythe du sacrifice et du geste insensé, c'est, au fond, entretenir l'illusion que ce courage n'était rien. C'est considérer que son acte n'a rien à nous dire. Que sa mort a été inutile. Que nous sommes condamnés à rester des victimes. Des martyrs. Si les héros sont parfois des victimes, les victimes ne font pas tous des héros. Il n'y a d'héroïsme qu'offensif.

On l'aura compris, nous ne récusons pas par idéologie l'idée du sacrifice. Mais parce qu'elle est contraire à tout ce que nous savons de notre frère et de sa vie. Contraire à tout ce que nous savons aujourd'hui de la matinée du 23 mars 2018.

Nous avons des centaines de photographies d'Arnaud. Sur presque toutes, il sourit. Il ne sourit pas à la mort. Il sourit à l'objectif, à ses amis, à ses cousins, à ses frères ou à sa mère. À ses camarades de promotion, à ses frères d'armes, à ses hommes. À l'amitié et à l'amour. À la France, à la Bretagne et à la Corse. À l'avenir. À la vie.

Arnaud allait se marier religieusement le 9 juin, il était éperdument amoureux de Marielle, venait d'emménager avec elle dans une nouvelle maison, voulait des enfants. Avant l'échange, il a tenu à téléphoner à sa femme. Et quelques jours avant sa mort, il nous avait envoyé un mail, afin d'organiser les festivités.

Ce ne sont pas là les préoccupations d'un candidat au martyre. Et chaque ligne exprimait la vitalité contagieuse d'Arnaud.

Comment peut-on affirmer que l'homme qui ordonne aux six « Robocop » du PSIG (c'est le terme employé par Julie, alors otage) présents dans le bâtiment de quitter immédiatement les lieux, parce qu'ils le mettent en danger, a décidé de se suicider ? Ses paroles sont sans aucune ambiguïté, même si elles varient selon les membres du PSIG (Peloton de surveillance et d'intervention de la gendarmerie) qui les rapportent : « Barrez-vous ! », « Je ne veux pas mourir, alors barrez-vous ! » ou « Je vais mourir si vous restez, alors partez ! »

Avant de se substituer, Arnaud s'est avancé vers le terroriste, qui se tenait derrière la jeune femme retenue prisonnière. On sait qu'à la demande du preneur d'otages, il a fait glisser son pistolet sur le sol, dans sa direction. Il avait pris soin d'en retirer le chargeur, mais l'homme s'en est aperçu et lui a réclamé ce chargeur, récupéré de la même façon. Notre frère avait donc déposé son arme, mais il n'avait pas pour autant déposé les armes. C'est plus qu'une nuance. Arnaud n'était ni un pacifiste, ni un adepte de la non-violence. Les chroniques militaires sont remplies de fausses redditions, de soumissions tactiques destinées à égarer l'adversaire. Pour mieux le terrasser.

D'ailleurs, quand le négociateur appelle sur le téléphone d'Arnaud et que celui-ci répond, notre frère, une fois son identité déclinée, lui explique à plusieurs reprises que tout se passe très bien.

N : « Comment allez-vous ?

AB : « Très bien. Vous savez qui je suis. »

N : « Oui, je sais qui vous êtes. »

AB : « OK, très bien, ça se passe très bien. »

À tel point que le négociateur éprouve le besoin d'une ultime confirmation : « Ça se passe très bien pour vous ? – Oui. » À l'évidence, la pièce où il se trouve avec le djihadiste est calme. Arnaud donne l'impression, à lire la sténographie de cette conversation, qu'il maîtrise parfaitement la situation. Nous sommes très loin des *ultima verba* d'un individu se préparant au sacrifice suprême.

Encore une fois, il ne faut pas confondre ici l'intention et la fin, le mobile et le motif. L'intention d'Arnaud était de venir à bout du terroriste, par la force ou à force de conviction, et de sauver une vie. Il a finalement *perdu* la sienne, mais il ne l'a pas *offerte*. Quand on dit d'un soldat qu'il a donné sa vie sur le champ de bataille, cela ne signifie pas qu'il a refusé de lutter et qu'il s'est offert à son adversaire. Non, il s'est souvent battu à mort. Mourir n'était pas le but : c'était un risque assumé.

Dans les jours qui ont suivi l'attentat de Trèbes, les médias, qui ignoraient presque tout de la biographie d'Arnaud, ont construit une histoire à partir des quelques éléments à leur disposition. La foi catholique a éclipsé toutes les autres appartenances, toutes les autres déterminations d'une identité multiple. Pas n'importe quelle foi. Une foi tardive et perçue comme intransigeante dont trop de commentateurs ont fait la clef de l'événement. Si Arnaud avait survécu à ses blessures ou s'il avait neutralisé le djihadiste sans dommages pour lui, tout aurait été différent, la figure du militaire entraîné aurait pris le dessus. Associés, les témoignages sur sa vie chrétienne, sa mort violente, la nature des blessures, et particulièrement les coups portés à la gorge, ont forgé le mythe du sacrifice, associant dans une même célébration le héros et la victime, le lieutenant-colonel Beltrame et le père Hamel, égorgé en juillet 2016 par deux djihadistes, dans son église de Saint-Étienne-du-Rouvray.

Mais il y a plus grave encore que ce mythe. Le sacrifice peut être considéré, à la limite, comme le geste d'un homme qui ne serait pas arrivé sur les lieux dans le dessein de mourir, mais qui, devant la tournure des événements, aurait accepté d'être tué à la place d'un autre. « Moi plutôt qu'elle. » Le suicide, en revanche, suppose une pulsion de mort préexistante, un désir ancien. Comme si Arnaud, habité par une envie d'en finir qui n'avait pas encore trouvé d'exutoire, s'était dit : « Je tiens mon occasion. » Un homme traversé de tourments aurait donc profité d'une prise d'otages terroriste pour satisfaire un besoin personnel et régler ses comptes, au fond, avec lui-même. En cela, la thèse du suicide est infiniment infamante.

Parmi les tenants de cette fiction psychologique, beaucoup ont souligné sa quasi-concomitance avec les obsèques de notre père, disparu en mer sept mois plus tôt. On avait fini par repêcher son corps, et il n'avait été enterré qu'une semaine avant Trèbes.

D'autant qu'on ne pouvait être certain que Jean-François, atteint d'un cancer incurable, était tombé à l'eau accidentellement. Certes, Arnaud avait été très touché par la mort de son père, d'autant qu'il était le seul de la fratrie à entretenir des relations avec lui. Après sa disparition, il avait voulu prendre en charge ses affaires, ce qui n'avait pas été sans accrochages avec nous. Enfin, nous avions refusé d'assister à ses obsèques, cérémonie organisée par Arnaud avec la précision et le sens du décorum que nous lui connaissions.

Dans le dernier chapitre de notre livre, consacré à notre père, nous avons tenu à reproduire largement le mail qu'il nous envoya quelques jours plus tôt. Il s'agissait, comme souvent avec notre aîné, d'un récapitulatif et l'on constatera que l'émotion n'avait pas supplanté chez lui le sens premier de l'organisation. Même ému, il ne laissait rien au hasard et cet ancrage obstiné dans la réalité ne caractérise pas précisément les mélancoliques.

Enfin, si nous n'avions pu entendre son discours lors de la cérémonie, Ada, notre tante, nous avait raconté qu'Arnaud, extrêmement ému, avait tracé de son père un portrait très équilibré, sans rien omettre de ses zones d'ombre, de ses errements et de ses violences. Sans l'idéaliser.

Nous l'avons dit, Marielle et Arnaud allaient se marier religieusement le 9 juin, après le mariage civil qui avait eu lieu à la mairie de Vinassan, dans l'Aude, en 2016. À l'époque, Arnaud nous avait indiqué par email l'esprit de ces journées de fête :

> Bonne humeur, lardonnerie, visites historiques, joie et AMOUR !!!

Deux ans plus tard, rien n'avait heureusement changé, comme en témoigne ce message, le dernier que Damien reçut de notre frère :

> […] Bien sûr vous pouvez récupérer auprès de Mad Manu ou autre dans la famille tous les dossiers compromettants !
>
> C'est vraiment sympa à tous les deux de vous occuper de ça et bien sûr s'il y a des trucs à louer (micro, vidéo projecteurs, etc.) je suis là aussi pour ça !
>
> Je vous envoie les photos et film du mariage civil !
>
> Suivront le quiz des mariés et une sorte de compétition par table avec des jeux bien débiles qui permettront à tous de s'amuser gaiement et de faire connaissance : les Chtis rencontrent les Gaulois !
>
> Tchao les lards et merci pour ce coup de main qui peut mettre une super ambiance,
>
> Arn votre lard dévoué

Sacrifice, vraiment ?

11

Y croire encore

Le 23 mars 2018 a dissous notre fratrie. Les trois frères sont devenus deux, mais le troisième est comme ces membres fantômes qui ne cessent de se rappeler à leur propriétaire. Ils ont été amputés et pourtant font mal. Ils ne sont pas un simple souvenir, mais bien la sensation d'une existence tangible. Un corps réel dépourvu de chair, mais tellement incarné. Nous ne serons jamais deux frères, même si nous ne serons plus jamais trois. Pourtant, ce 23 mars 2018, il n'est pas indifférent qu'il nous soit impossible, matériellement et symboliquement, de le raconter à la première personne du pluriel. Ce jour-là, pour de longues heures, le « nous » nous a été impossible. Il n'y avait plus que des « je » séparés par les kilomètres et isolés dans leurs douleurs. Les deux récits qui suivent sont l'expression de notre fraternité blessée, de cette suspension tragique entre trois et deux.

Damien : 23 mars. Ma mère m'appelle. Elle m'apprend qu'il se passe quelque chose à Carcassonne. Je ne m'inquiète pas, mais j'essaie quand même de joindre Arnaud. Je tombe à plusieurs reprises sur son répondeur, puis sur celui de Marielle lorsque je lui téléphone à son tour. Ma mère, à nouveau : « Un lieutenant-colonel a pris la place d'un otage. » Je suis en train de travailler sur mon ordinateur, je vérifie sur Internet et je lui réponds : « Pas d'inquiétude pour Arnaud, c'est un homme du GIGN qui a été blessé. » Deux gendarmes ont en effet été touchés pendant l'assaut. Nouveau coup de téléphone de ma mère : « C'est Arnaud, il est grièvement blessé. » Je comprends en un instant que ma vie vient de voler en éclats : je n'irai pas chercher ma fille chez sa nounou, mon nouveau montage vidéo attendra, si le téléphone pouvait sonner, si seulement Arnaud pouvait m'appeler pour me rassurer : « Tout va bien, frangin, j'ai seulement un bras en écharpe, je m'en tire bien. » J'appelle Lauriane, la femme du frère de Marielle, et je lui explique sans préambule qu'Arnaud est dans un état très grave. Elle n'est au courant de rien et m'interrompt : « Quoi, Arnaud est blessé ? Mais qu'est-ce que tu racontes ? » Je suis pressé :

« Attends, laisse-moi finir ! Arnaud est grièvement blessé et je n'arrive pas à joindre Marielle. Est-ce que tu sais où elle est ?

— Oui, à Paris pour un colloque de vétérinaires.

Nous avons passé la soirée avec elle hier. Elle ne devrait pas tarder à reprendre son train.

— D'où part son train ? De la gare de Lyon ?

— Oui, gare de Lyon.

— Bon, je vais essayer de l'intercepter.

— Oui, vas-y, fonce. »

Le coup de téléphone suivant est pour ma compagne, puis j'attrape mon portefeuille, ma carte bleue, mon téléphone et un chargeur. Une brosse à dents aussi. Mon sac sur le dos, je file tout en appelant ma mère et Stéphanie, une collègue d'Arnaud. Arrivé gare de Lyon, j'interroge deux gendarmes, qui me demandent de patienter car ils sont déjà en ligne :

« Excusez-moi, je suis le frère de l'officier qui a été blessé à Trèbes, je cherche Marielle, sa femme.

— Quoi, vous êtes le frère d'Arnaud Beltrame ? »

Ils se présentent : un colonel et un psychologue. Que le colonel soit accompagné par un psychologue ne me semble pas de très bon augure.

« Nous aussi, nous cherchons Marielle. Pouvez-vous la décrire ?

— C'est une grande blonde aux cheveux longs. »

J'en fais un portrait sommaire et je demande à notre mère d'envoyer une photo. La grande blonde a désormais les cheveux courts. Soudain retentit dans toute la gare une annonce à l'attention de Marielle, mais c'est aussi notre nom que j'entends, ainsi amplifié : « Marielle Beltrame est demandée à l'accueil. »

Les gendarmes apprennent que le TGV de

Marielle stationne sur un autre quai que celui où nous attendons. Je pars en courant dans sa direction, encadré par les deux officiers, alors que les annonces passent sans discontinuer. Marielle est déjà dans le train. Prévenue par la SNCF, elle descend, interloquée : « Que se passe-t-il ? » Les deux gendarmes répondent rapidement à ses questions. Je me contente d'un « Je suis là, Marielle ». Devant la gare, une voiture nous attend, avec deux motards devant et deux autres derrière, qui paraissent impatients et concentrés. Nous démarrons en trombe. Le colonel nous donne plus de détails. « Une attaque terroriste a eu lieu à Trèbes. Le djihadiste avait déjà tué trois personnes quand votre frère lui a proposé de prendre la place de l'otage. Ce qu'il a fait est inouï, c'est un héros. Vous serez très vite à ses côtés. Attention, il est dans le coma, mais il est stabilisé et nous faisons tout pour le sauver. » Soudain, la voiture traverse un rond-point sans ralentir. Le chauffeur n'a pas beaucoup hésité, nous sommes absolument prioritaires.

À Villacoublay, nous embarquons dans un Falcon. Le colonel et le psychologue sont toujours avec nous. J'explique que je n'aime pas beaucoup l'avion. On plaisante, et nous mangeons un peu. Je discute avec le psychologue, qui constate que je tiens le coup.

« C'est bien, vous êtes lucide, mais pas effondré.

— Ça vous fait du boulot en moins, je suis désolé. »

En fait de lucidité, je suis alors persuadé qu'Arnaud a été atteint au thorax par une balle. C'est Stéphanie, je crois, qui nous a parlé de cette blessure. Il n'est pas question de coups de couteau. Je réfléchis en fonction des éléments dont je dispose. Je suis conscient que ce n'est pas idéal, mais il va s'en tirer, même s'il est dans le coma. On atterrit. Je redescends moi aussi. Nous sommes entourés par de nombreux gendarmes, qui nous parlent d'Arnaud : « Votre frère est un type super, nous travaillons avec lui. » Le colonel Gay, le supérieur d'Arnaud, et Stéphanie sont parmi eux. J'entends parler de « courage », de « bravoure » et de « héros ». Nous repartons. Quinze minutes plus tard, nous sommes à Carcassonne. Devant l'hôpital, on nous prévient : « La télé attend, marchez vite. »

Je me souviens de cet instant comme du sentiment d'une catastrophe imminente. Le médecin qui nous accueille s'exprime d'une voix très apaisée : « Asseyez-vous, c'est très grave. Il est entre la vie et mort, il se bat. » Elle répète plusieurs fois qu'il se bat. Il n'a pas été atteint par une seule balle, mais par trois, dont deux ont traversé. Je pense qu'il est peut-être défiguré, je pense surtout que rien n'est perdu. « C'est jouable », voilà quels sont exactement les mots qui s'inscrivent dans mon cerveau. Mais tout s'efface soudain, devant l'évidence que la catastrophe vient de se produire, emportant mes minces espoirs. Car le médecin nous précise maintenant qu'Arnaud a fait trois arrêts cardiaques. Je connais leurs conséquences cérébrales. Je ne suis pas sûr de revoir mon frère vivant, mais s'il survit, je ne suis pas certain qu'il sera encore Arnaud.

Deux hommes montent la garde devant le service de réanimation, divisé en trois unités. Avant que je ne voie Arnaud, l'un des gendarmes du PSIG chargé de l'intervention s'avance vers moi : « Je n'ai pas pu le retenir, je n'ai pas pu l'empêcher d'y aller. » Il est en larmes. J'essaie de l'apaiser, de toute façon, connaissant Arnaud, il n'avait aucune chance d'y parvenir.

Voilà. Nous entrons sans bien savoir à quoi nous devons nous attendre, même si nous avons été avertis que ce serait difficile. J'ai le cœur qui palpite. Je n'avais pas entendu le bruit oppressant des alarmes depuis mes hospitalisations. C'est alors Arnaud qui veillait à mon chevet. Mon frère est à gauche, couvert de bandages. Je tiens ses doigts ensanglantés, maladroitement. Son visage, tuméfié, ressemble à celui d'un boxeur roué de coups par son adversaire. Le médecin nous a prévenus, mais je ne comprends pas comment des blessures au thorax ont pu provoquer un tel état. Ni d'où vient tout ce sang. Ses yeux sont fermés, il est méconnaissable. Marielle lui parle à l'oreille, comme nous l'a recommandé le médecin. Je lui parle aussi : « Dans quel merdier tu t'es fourré, frangin ? Interdiction de crever ici. Tu n'as plus le droit de mourir en mission, c'est fini, ça. Tu vas te marier, mec. Et on a encore plein de choses à faire ensemble. » Je doute qu'il m'entende et je préfère sortir. Marielle est là aussi. Je la prends dans mes bras. Elle ne pleure pas, alors que ma voix commence à trembler. Le psychologue est là, un deuxième arrive, quelques gendarmes également. Je discute avec certains. Je finis par comprendre qu'un autre blessé est hospitalisé tout près. Mais j'ignore s'il s'agit d'une victime civile ou d'un homme du GIGN. Je m'enferme dans une salle. Pendant quarante-cinq minutes, je ne fais que répondre au téléphone. De temps en temps, on passe me voir, on me demande si j'ai besoin de quelque chose. J'appelle ma mère. Je lui dis que si elle veut voir Arnaud vivant, il lui reste peu de temps. « Viens vite, je ne sais pas s'il passera la nuit. » Elle me répond qu'elle est fatiguée et qu'elle préfère partir avec Maurice demain matin, à 5 heures. J'insiste. Je viens de vivre un voyage express organisé par la gendarmerie et je suis sûr que tous les gendarmes de Bretagne seraient prêts à la conduire en urgence jusqu'à son fils. Mais sa réponse est identique : « Non, nous partirons demain matin. » Je comprends que son refus n'a rien à voir avec son état de fatigue. Elle ne veut pas voir Arnaud dans cet état. J'envoie des messages à Cédric, qui ne dort pas. À la famille, je parle des arrêts cardiaques. Pour les amis, je reste allusif : « C'est moche, je t'en reparle. » Je commence à répondre aux journalistes. Je préfère rester à l'écart de ceux qui sont installés devant l'hôpital, mais je réagis aux textos et aux messages sur Facebook. Ma réponse est invariable : il est trop tôt pour prendre la parole. Je reçois aussi des messages d'inconnus qui m'écrivent qu'ils sont de tout cœur avec moi et que je remercie. Marielle me dit qu'elle retourne auprès d'Arnaud, elle veut passer la nuit à ses côtés. À cet effet, on lui a préparé un lit de camp. Quant à moi, je vais repartir. Arnaud est dans le coma, je suis impuissant. Il faut laisser faire les médecins. Reste une interrogation : la blessure à la trachée, dissimulée par un épais pansement. Je pense qu'elle a été provoquée par une des balles qui ont traversé, celle qui a touché l'oreille, mais cette explication me laisse insatisfait. Le père Jean-Baptiste, qui préparait Marielle et mon frère au mariage, est arrivé de Lagrasse. Il s'enferme avec Marielle dans le box d'Arnaud. Je sais qu'il va essayer de célébrer une union et administrer l'extrême-onction.

Il est 2 heures du matin. Je demande à un colonel de me ramener chez mon frère, dans son logement de fonction. Sur la route, je lui fais remarquer qu'il m'en parle au passé. Il s'en excuse. À notre arrivée, il ouvre la porte d'une petite maison, située dans la caserne, me remet les clefs et allume la lumière. Je découvre les trois chambres, la grande cuisine, le jardin. Certains meubles, quelques bibelots décoraient déjà son appartement de Nanterre. Je reconnais les chaussures de running d'Arnaud, couvertes de boue, qui ont à l'évidence été utilisées le matin même, les tubes de dentifrice à l'aloe vera que je lui ai offerts autrefois. La pâte est sèche, mais je suis touché qu'il les ait conservés. Je me souviens avoir pensé que, pour lui, les choses matérielles ne comptaient pas beaucoup, mais les marques d'affection énormément. Je m'arrête devant sa bibliothèque. Les livres sont bien plus nombreux qu'auparavant. À ceux que je connaissais, sur les Celtes ou sur le druidisme, se sont ajoutés des ouvrages sur le catholicisme, d'autres consacrés aux francs-maçons ou au développement personnel. Je continue à envoyer des messages. À 3 heures du matin, je me couche sur le canapé, j'attrape une couverture et je coupe mon téléphone. C'est la seule solution pour dormir, car les notifications retentissent toutes les vingt secondes. Je suis chez mon frère, je viens de pénétrer au cœur de son intimité, mais sans lui. Certes, il est tout près, mais entre la vie et la mort, inconscient. Tout me semble soudain tellement irréel.

Cédric : Il est 23 h 16 à Singapour lorsque Damien m'envoie un message sur Internet, partageant un fil d'actualité. Nous ignorons à ce moment-là qu'Arnaud est impliqué. Néanmoins, en lisant les nouvelles, le doute s'installe. Dès que j'apprends qu'il s'agit d'un lieutenant-colonel, je suis convaincu qu'il s'agit d'Arnaud.

À 23 h 52, Damien me confirme que mon intuition était exacte. Nous nous parlons sur Internet.

À 00 h 26, Damien m'apprend qu'Arnaud a été touché, mais qu'on ne connaît pas encore l'ampleur de ses blessures. Il serait dans un état grave, mais stabilisé. Je sais que Damien va retrouver Marielle, la femme d'Arnaud, gare de Lyon. Ils doivent prendre ensuite un avion affrété par la gendarmerie pour rejoindre le Sud-Ouest.

À 5 h 25, Damien m'explique qu'il a vu Arnaud et que la situation est extrêmement critique. Notre frère est dans le coma et lutte contre la mort. J'apprends aussi que notre mère et son compagnon vont prendre la route pour descendre dans l'Aude. Le stress et la fatigue me font redouter un périple dangereux.

À 9 h 52, après quelques heures passées à chercher le sommeil et à vérifier régulièrement mes messages, je me relève. Je dois trouver un vol Singapour-Paris le plus rapidement possible. Je suis en contact avec l'ambassade de France et avec Air France.

À 13 h 31, le dernier message de Damien sonne le glas. C'est fini, Arnaud ne s'en est pas sorti. Je suis avec ma femme et mon fils. Je pousse un long cri de désespoir et je fonds en larmes. Zayne, mon fils de 3 ans, s'inquiète et me demande pourquoi je pleure. Je lui explique qu'Arnaud est un héros mais que le « méchant » l'a tué. Que je suis triste parce que j'ai perdu mon grand frère. Il me prend dans ses petits bras.

12

Dans le cortège des plus grands

Cédric : Le consul de France et l'ambassadeur de Singapour m'ont aidé à trouver un billet d'avion pour le dimanche et les services diplomatiques ont pris en charge mon voyage avec le concours d'Air France. Je ne savais pas très bien ce qui était prévu. Ni où je devais aller. Puis j'ai compris que je devais rejoindre Carcassonne et, arrivé à Paris, j'ai réussi à prendre un avion pour Montpellier. J'ai été très touché par le chef de cabine qui est venu me parler d'Arnaud pendant le vol. On m'attendait à l'atterrissage, une employée d'air France m'a permis de passer les contrôles très rapidement, puis des gendarmes de l'aéroport m'ont confié à deux de leurs collègues, chargés de me conduire jusqu'à Carcassonne. Pendant tout le trajet, qui a duré près d'une heure et demie, ces deux gendarmes, qui s'occupaient entre autres de sécurité routière, m'ont parlé d'Arnaud. Je connaissais le perfectionnisme de mon frère et son intérêt pour le terrain, mais j'étais heureux d'entendre à nouveau qu'il était toujours le premier à vérifier les dispositifs de contrôle ou l'alignement des barrières.

Damien : On sonne. J'ouvre les yeux. Il me faut quelques secondes pour reconnaître la pièce. Il est 6 h 30 et je sais déjà que si mon frère était vivant, je n'aurais pas été réveillé à l'aube. J'ouvre la porte. Le même officier que la veille. Il m'annonce le décès d'Arnaud. « Je suis désolé. » Je monte dans sa voiture. Il pleut, tout me semble laid, triste et comme privé de réalité. Le colonel a mis le gyrophare, nous fonçons dans les rues désertes et je renonce aux textos de peur d'être malade. En arrivant à l'hôpital, il me met en garde : « Attention, la presse est là. » Je trace en sortant, je me perds dans les couloirs, mon frère est mort et je suis en train de chercher mon chemin. Je tombe sur deux CRS qui m'expliquent où se trouve la réanimation. J'arrive, je pousse la porte, Marielle est là, « je suis désolé ». Nous nous étreignons. Je n'ai pas d'autres souvenirs de ces moments. Il est maintenant 7 heures. Tout le monde est réveillé. Je reçois beaucoup d'appels, des parents, ma femme, mon instructeur de krav-maga, des amis d'enfance disparus depuis vingt ans, d'anciens collègues, des camarades d'Arnaud, certains qui me sont familiers, d'autres inconnus. Je téléphone aussi. Ma mère est en route. Elle a appris à 5 h 30. Appris que son fils était mort à

4 h 50. Nous parlons un peu avec Marielle, mais de quoi ? Tout a disparu. Ma tante Ada, également la marraine d'Arnaud, nous rejoint avec Marie-Pierre, notre cousine. Puis c'est au tour de ma mère et de Maurice. Nous sommes réunis parce qu'Arnaud vient de mourir, nous tentons d'exprimer nos émotions mais la conversation dévie très rapidement sur l'enterrement de notre père, une semaine plus tôt. Ni Cédric ni moi n'étions présents, nous n'avons donc pas assisté au discours d'Arnaud. Mais Ada nous explique que notre frère, très ému, a rendu hommage à Jean-François sans rien dissimuler de ses erreurs. Pendant ce temps, les médias font le siège, notamment sur Facebook, mais avec délicatesse. Tous s'excusent de nous importuner, tous semblent sincèrement touchés par le geste d'Arnaud et son issue tragique. Je décline toutes leurs demandes d'entretiens et de commentaires, mais je réponds à tous. Je suis même heureux de leur soutien unanime.

Nous sommes installés dans une petite salle. Comme hier, des gendarmes rentrent de temps en temps, avons-nous besoin de quelque chose ? Je réponds à quelques journalistes que nous ne souhaitons pas parler pour l'instant. Johann est appelé par BFM. Florence, notre cousine, donne un entretien, en anglais, à la BBC. J'ai peur que nous ne soyons dépassés par des demandes de toutes natures et j'instaure une pause interviews. La journée se déroule dans une succession erratique. Je retourne chez Arnaud, cette fois avec ma mère et Maurice. Deux gendarmes nous accompagnent. C'est ensuite Audrey, ma compagne, qui arrive. Comme pour moi, avec la même efficacité, tout a été pris en main par la gendarmerie. À nouveau l'hôpital, où nous attendons, sans bien savoir quoi. Je reviens ensuite, encore une fois, dans la petite maison de mon frère. Il est tard, je n'ai pas dormi depuis longtemps, et je suis en train d'écrire un texte sur Facebook.

> 24 mars
>
> Mon frère,
>
> J'ai à peine pu te dire au revoir cette nuit…
>
> Tu t'es comporté dans tes derniers instants comme tu t'es comporté durant toute ta vie : en patriote, en homme de bien, en homme de cœur.
>
> Puisse ton ultime sacrifice nous inspirer et nous aider à en finir avec cette haine stérile qui nous accable. Mais qui ne nous fera jamais plier.
>
> On t'aime frangin.
>
> Merci à tous pour vos messages de soutien.

En appuyant sur la touche « enter », je m'écroule, plein de larmes. Ma mère et Maurice sont couchés. Audrey me prend dans ses bras. Je vais essayer de dormir à mon tour. Soudain, le « bip » d'un message, puis un autre, et encore un autre. Les « bips » s'accélèrent. Je réponds à quelques amis, à des collègues, à d'anciens camarades d'école, perdus de vue depuis la primaire ou le collège. Exténué, je finis par couper mon téléphone. Le lendemain, à mon réveil, Facebook s'est emballé. Des dizaines de milliers de personnes ont lu et partagé ce texte. Au début, naïvement, je crois possible de répondre à tous les messages, un par un. Mais, devant leur nombre, je renonce. À rebondir, à organiser, à modérer. Mon adresse à Arnaud ne m'appartient plus, elle appartient à tous les lecteurs qui font revivre mon frère en la diffusant. Tous ces messages me réchauffent le cœur.

Dimanche se passe, morose. Je lis la presse, les réseaux sociaux, je corrige, juste pour moi. Commencent à circuler des informations non sourcées, dont je ne sais s'il s'agit de rumeurs ou de faits avérés. Sur Facebook, quelqu'un demande si Arnaud a bien été égorgé. Cette question benoîte, qui mêle la banalisation de l'horreur à la jouissance sanglante, m'écœure. Au-delà de l'enquête sur la vérité, je ne supporte pas cette exhibition désinhibée. Entre leur jus d'orange et leur croissant, certains se demandent si mon frère a bien été égorgé, mais c'est comme si mon frère était mort depuis bien longtemps. Ils discourent d'Arnaud comme ils parleraient d'une énigme historique. Mon indignation n'est en rien une réaction de déni. Nous recevons la visite de l'Identité judiciaire. Arnaud a été blessé à la gorge par le couteau du terroriste, mais on nous explique qu'il n'a pas été égorgé. Pareil coup de couteau n'a pu être porté que pendant un combat, il n'a pas été reçu lors d'une exécution.

À nouveau seuls. Beaucoup de commentateurs sans aucune légitimité se sont empressés de s'exprimer. Nous devons absolument passer à la télévision pour lester le portrait d'Arnaud d'un poids de vérité. C'est en tout cas le raisonnement que j'expose à ma mère. Elle me donne raison. Parmi toutes les propositions, nous choisissons d'accepter celle de TF1. Nous posons nos conditions : pas de gros plans, pas de mise en scène larmoyante, si un mot nous déplaît, vous coupez, si nous cédons à l'émotion, si nous craquons, vous coupez, nous voulons recevoir la liste des questions avant l'entretien, qui doit se dérouler dans un cadre paisible, sans rien de morbide ou de triste. Les journalistes nous proposent un lac à proximité, nous acceptons. L'interview est enregistrée en fin d'après-midi, vers 17 heures. Trois heures plus tard, le journal s'ouvre sur la mort d'Arnaud, les innombrables réactions, l'émotion de tous ces anonymes qui déposent des fleurs. Juste avant notre intervention. J'apparais moins à l'aise que maman, dont la dignité et la justesse forcent l'admiration, une de ses phrases, notamment : « Mon fils ne supportait pas la médiocrité. » Alors que le mot de « sacrifice » est sur toutes les lèvres, elle récuse cette interprétation. Elle ne le fait pas par principe, mais à la lumière de son expérience et de son amour. La nuit ne m'apaise pas, mais je suis heureux de retrouver Cédric le lendemain.

Le lundi est un peu moins décousu, mais tout aussi sinistre. Je sais qu'on est en train de préparer le corps d'Arnaud. Cédric est présent à la fermeture du cercueil, le mardi matin. Vision terrible, m'avoue-t-il. Tout comme ma mère, j'ai préféré ne pas assister à cette scène. Je n'écoute pas de musique, mais je pense au metal, à toutes ces chansons que nous avons écoutées ensemble et qui parlent de la mort au combat.

Cédric : À l'aéroport, avant d'embarquer dans le Falcon, nous assistons à notre première cérémonie. En fait, pendant plusieurs jours, nous irons de commémoration en commémoration, parcourant plusieurs milliers de kilomètres, jamais très loin d'Arnaud. L'hommage se déroule à côté de l'avion-cargo qui va emporter le cercueil, sous un hangar. Je me souviens qu'un millier de personnes entonnent *La Marseillaise*. Pompiers et policiers assistent à cet hommage, ainsi que le responsable du Super U de Trèbes. Nous atterrissons à Villacoublay un peu avant le cercueil, attendus par le ministre de l'Intérieur. Le préfet nous explique que le terroriste a déposé sa sœur à l'école le vendredi matin, juste avant ses premiers assassinats, et le ministre de l'Intérieur que son arme datait de la guerre de 14. On comprendra plus tard que le preneur d'otage a retourné contre Arnaud son propre Glock. Damien et moi sommes affamés et dévorons les petits fours. Départ pour le siège de la Gendarmerie nationale, à Issy-les-Moulineaux. Nous sommes accueillis par un général et par le chef d'escadron Claire Forgues, dont nous devenons la priorité absolue. L'hôtel situé dans l'enceinte est mis à notre disposition pour que toute la famille soit réunie avant l'hommage aux Invalides. Les gendarmes ont même installé un petit lit dans une chambre pour Olivia, ma nièce. Mais Damien préfère rentrer chez lui avec sa compagne après la veillée d'armes. La cérémonie, rue de Tournon, est intime. Le cercueil est au milieu d'une petite salle. Autour, des portraits d'Arnaud. Quelques gendarmes entrent et sortent silencieusement. Deux saint-cyriens en grand uniforme nous laissent la place à notre arrivée. Un psychologue est passé me voir un peu plus tôt, je lui ai accordé dix minutes, mais j'ai maintenant absolument besoin d'un moment d'amitié plus léger. Je rejoins quelques camarades qui ont répondu présents à mon appel et m'attendent dans un restaurant.

Nous sommes mercredi matin. Quatre jours après la mort d'Arnaud. Ciel chagrin, c'est l'expression appropriée. La pluie est au rendez-vous. Comme chaque jour depuis vendredi, m'a expliqué mon petit frère, à Paris ou à Carcassonne. Dans la lumière des gyrophares, encore nouvelle pour moi, une voiture nous conduit aux Invalides, Maman, Maurice et moi. Nous nous garons en attendant Damien. Nous devons arriver ensemble. Encore des gyrophares. Damien est là. On nous indique nos places, marquées par des morceaux de scotch. Impossible de bouger. Je me retourne, nos cousins sont derrière nous. Si le protocole et l'organisation occupent une grande place, l'obligation de respecter ces détails n'est pas seulement une contrainte. Elle met à distance la solennité éprouvante d'un « hommage national ». Au début au moins. Parce que, très rapidement, je fais abstraction du décorum. Comment se convaincre que c'est bien Arnaud, dans ce cercueil recouvert d'un drapeau bleu-blanc-rouge ? J'admire la dignité des gardes républicains et je me demande si certains d'entre eux ont connu l'officier que le président de la République va élever au grade de colonel et faire commandeur de la Légion d'honneur.

En retournant à l'aéroport, je repense à la visite que m'a rendue un psychologue la veille au soir. Damien m'a également raconté son bref échange avec un psy dans un Falcon. Décidément, voilà une profession qui n'a pas de chance avec les frères Beltrame. Parce que, comme l'a dit d'Arnaud Emmanuel Macron, à la fin de son discours si juste, nous avons le « goût du bonheur », et pas la culture de la mélancolie.

Damien : Cédric a atterri en France avec ses habituelles chemises singapouriennes, en réalité des chemisettes pastel ou aux motifs estivaux que je considère comme particulièrement incongrues. Nous étions donc convenus que je lui apporterais une chemise noire, rangée dans mon sac de sport, avant la cérémonie. Mais, lorsque je suis arrivé, l'occasion était passée. Tout près, Nicolas Sarkozy discutait avec des policiers, et mon sac de sport risquait de ne pas passer inaperçu. De toute façon, Cédric, qui m'attendait, n'allait pas se changer devant trois mille personnes. Heureusement, il avait mis son célèbre polo à chemisette intégrée, seul le col bariolé dépassait et personne ne s'est rendu compte de rien. C'était notre troisième hommage et nous avions gardé notre capacité à sourire.

Nous l'avons dit dans l'introduction, nous ne sommes pas des biographes. Nous n'avons donc aucune vocation à l'exhaustivité. L'hommage national à Arnaud a été diffusé en direct sur de nombreuses chaînes de télévision, pas seulement en France. Le très beau discours du président de la République a été abondamment cité, reproduit, découpé. Nous n'allons pas faire le compte des personnalités croisées dans le carré présidentiel. Nous préférons conclure ce chapitre sur cette chemisette déplacée, à tous les sens du terme. Sur cet éclat de couleur qui troue les ténèbres et fait reculer le noir du deuil. Nous sommes sûrs qu'Arnaud en aurait plaisanté avec nous. Le rire et l'amour, nos meilleurs psychologues !

Cédric : Même le couple présidentiel en a ri avec nous. À un moment, je me suis excusé pour mon accoutrement en tirant une cravate de ma poche. Brigitte Macron m'a regardé avec une expression pleine de douceur et de compréhension et elle m'a rassuré : « Ne vous en faites pas, Cédric. Ce n'est pas le plus important. »

13

Sauver le père

Le poète Max Jacob a écrit qu'« on ne chante juste que dans les branches de son arbre généalogique ». C'est une phrase très belle, que nous avons toujours faite nôtre, mais pas exactement de la même manière. Disons que cet arbre ne comptait pas exactement le même nombre de branches saines pour chacun d'entre nous et qu'on n'y chantait pas les mêmes chansons. Une branche en moins pour le cadet, brisée net et sans espoir de repousse, une autre, malingre et comme pétrifiée, pour le benjamin, atrophiée, fragile pour l'aînée, mais, pour lui, toujours vivante et susceptible, à force de soins, de repartir de plus belle.

Et cette branche, c'était Jean-François, notre père.

Notre père, c'est LE seul sujet de conflit que nous ayons eu avec Arnaud. Enfin, de conflit véritable. De ces conflits qui s'enveniment, qui pourrissent et commencent à sentir mauvais. Quand, aussi proches que nous soyons, nous ne reculons pas devant les discussions peu amènes, parfois violentes. Quand l'amour est toujours là, mais que l'incompréhension ne veut pas céder. De part et d'autre, aurait sans doute ajouté Arnaud.

Ce conflit concernant notre père en a suscité un second, qui n'aurait pu voir le jour dans d'autres conditions. Quand nous avons, Cédric et Damien, quitté Chalo pour rejoindre notre mère, Jean-François a continué de vivre dans la maison familiale, marquant le départ d'un interminable et complexe feuilleton immobilier, et nous nous sommes là encore affrontés avec Arnaud.

Pourtant, nous parlerons très peu de ces péripéties que connaissent beaucoup de familles. Rendez-vous notariés, visites, estimations contradictoires, tout cela nous aurait éloignés du principal : la place que nous étions, chacun de nous, prêts à accorder encore à notre père. Et ce pour des motifs essentiels, qui n'ont rien à voir avec la réfection d'un toit ou des questions financières. D'argent, il ne sera pas question, mais de violence illégitime, de déni, de courage domestique, de cécité volontaire. Du pardon accordé à celui qui ne le sollicite pas. Des limites sur lesquelles ne jamais céder.

Parce que, tout au long de ces années, Arnaud s'est retrouvé seul contre nous à ce sujet, parce qu'il a aussi réussi, en quelques mails parmi ses derniers, à résumer parfaitement les circonstances dramatiques de la mort de notre père, en en situant les enjeux pour chacun, nous avons choisi de les reproduire en fin de chapitre. Pour éviter de paraphraser lourdement et longuement ce qui est par lui condensé. Il reste une dernière raison, peut-être la plus importante. Tout au long de ce chapitre, on entendra les arguments de l'accusation, même si nous nous sommes employés à faire une place à Arnaud. Mais puisque Arnaud n'est plus, nous avons voulu que sur un différend aussi lourd, le lecteur puisse entendre largement, sans tamis, la voix de l'avocat.

Pendant toute notre enfance, Jean-François s'était montré un père distant, voire absent. Il ne partait pourtant pas en voyages, il ne courait pas plus le monde qu'il ne sillonnait la France. Non, il travaillait comme infirmier psychiatrique dans le même hôpital que notre mère, non loin de chez nous : à Étampes. Mais, aussitôt rentré, il disparaissait dans sa cave pour y jouer de la guitare. Nous lui parlions peu, et Cédric encore moins. De rares contacts, sinon à l'heure des repas, quand l'un de nous était envoyé en émissaire pour lui demander de bien vouloir nous rejoindre.

« Papa, papa, viens manger ! »

De toute façon, il remontait toujours à la surface avec retard et aurait été bien incapable de s'occuper de nous.

Heureusement, notre mère, qui pourtant travaillait la nuit, assumait tout, pleine d'amour et de tendresse. Nous devons reconnaître que nous étions dispensés de toute tâche matérielle, à l'exception des soins à nos animaux, et surtout à notre cheval. Notre programme quotidien était donc des plus simples : nous amuser, ne rien faire. Ah si, nous mettions aussi la table, ou tout au moins une assiette ou deux, nous enlevions quelques cailloux dans le jardin, nous jardinions quand l'envie nous en prenait, nous jouions, nous lisions. Nous étions des enfants choyés, couvés, évidemment pas très débrouillards, de véritables petits princes, comme plus tard, lorsque, adultes, nous lui rendions visite en Bretagne.

Malgré la nonchalance de notre père et, déjà, son inquiétante étrangeté, nos années d'enfance ont été heureuses, éclairées par la lumineuse figure de Nicolle, notre maman. Pourtant, sur la branche de Jean-François (nous avons cessé un jour de l'appeler « papa », sauf Arnaud), nous n'avons guère chanté. Pour nous, il était un bon guitariste doté d'une très belle voix, et pour arrondir ses fins de mois, il participait même à des bals où nous allions parfois l'écouter. Voilà pour l'image d'Épinal. En vérité, quand l'un de nous a voulu suivre son exemple et commencé le solfège et la guitare, il a dû subir la célèbre méthode Baffes, la même que celle qui vous dégoûtait des mathématiques. Ou de tout ce qui pouvait vous faire envie. Nous sommes donc restés plutôt silencieux, jusqu'à finir par déchanter.

Cédric, adolescent, dans une hostilité radicale qui allait tourner à la haine, Damien, plus jeune, longtemps entre deux feux, entre deux loyautés, mais tous deux témoins bouleversés de la folie de notre père et de ses violences.

Tous deux, mais pas Arnaud, qui avait quitté la maison pour les classes préparatoires du lycée de Saint-Cyr et ne rentrait que le week-end, sans avoir rien vu ni entendu, sans rien soupçonner non plus de ce qui pouvait se tramer autour de lui, car tout occupé à travailler dans sa chambre installée au sous-sol, très isolé. Mais sans rien comprendre non plus de ce qui, parfois, se déroulait sous ses yeux, ou presque. Comme ce dimanche où, pendant que nous jouions au ping-pong, Jean-François s'en était pris physiquement à Nicolle. Nous l'avions observé en train de serrer fortement le cou de notre mère et de la secouer violemment, à travers une fenêtre qui donnait du jardin sur la salle du bas. Nous hurlions à notre père d'arrêter. Je ne sais pas s'il entendait. Ces scènes se sont reproduites devant chacun d'entre nous.

L'aveuglement d'Arnaud peut sembler incompréhensible, surtout quand on connaissait sa force d'empathie et son extraordinaire capacité à percer à jour, pour les aider, les gens qui l'entouraient, amis, personnes de rencontre, militaires sous son commandement. Comment son intuition a-t-elle pu être ainsi prise en défaut ? À moins qu'il ne s'agisse d'un déni pur et simple.

Comme toujours, il est impossible de répondre de façon univoque et absolument certaine. De faire la part entre la concentration de l'étudiant « polar » rivé à ses révisions, sa crainte qu'une intervention du fils aîné, en consacrant la situation, ne conduise ses parents à une séparation inéluctable, la conviction, pour celui qui était déjà un jeune « tradi », futur soldat, que la famille, pilier de notre civilisation, devait surmonter tous les aléas d'une vie conjugale. Et il y avait encore deux explications.

De la première, à sa décharge, nous avons parlé à plusieurs reprises : si Arnaud n'a rien vu, c'est parce que notre mère a tout fait pour qu'il en soit ainsi. Jamais elle ne s'est plainte de Jean-François, jamais elle ne s'est laissée aller devant notre frère à une confidence ou à un grief. « Never explain, never complain ». Ne jamais expliquer, ne jamais se plaindre : elle avait vraiment faite sienne cette maxime de la reine Victoria. Pour protéger les ambitions militaires d'Arnaud, il lui fallait éviter à tout prix que son mari n'ait maille à partir avec la police et la justice pour ses actes. L'absence de son fils au cours de la semaine lui facilitait la tâche, mais quel courage et quelle volonté il lui aura fallu pour préserver, chaque week-end, cette illusion de normalité protectrice ! Au moins jusqu'à la rupture devenue inévitable avec Jean-François, mais, contrepartie non moins inévitable, largement incompréhensible pour Arnaud.

La seconde raison est bien affaire de musique. De musique militaire plus précisément. Arnaud ne pouvait mieux chanter *La Marseillaise* ou la *Prière du para*, si importante pour lui, que dans son arbre généalogique. Parce qu'il était, de nous tous, l'homme des racines, de la reconstitution minutieuse des trajectoires de nos ancêtres, des unions et des deuils, jusqu'à nos jours. Autant de recherches patientes qu'il traduisait graphiquement dans l'un de ces arbres dont il était passionné. Un arbre en pleine santé, auquel ne manquaient ni une racine ni une ramure. Peut-être même serait-il resté aphone si une seule branche avait fait défaut. Dans le chapitre sur l'éveil de sa vocation martiale, nous avons marqué l'importance de notre grand-père paternel, parachutiste en Indochine, et de ses récits de guerre. Mais cette vocation n'avait pas sauté une génération, elle n'était pas passée directement de Georges à Arnaud, elle avait transité par Jean-François, né au Liban (alors un protectorat français) et qui avait donné six ans de sa vie à l'armée avant de devenir infirmier. Nous avions fini par apprendre, enfants, que les relations de notre père et de son propre père avaient été très tendues. Le premier s'était engagé à 18 ans pour fuir notre grand-père. Puis il avait rencontré notre mère, qui l'avait aidé à renouer les liens. Pendant très longtemps, en tout cas, notre père ne voulut plus entendre parler de son père. Comme, quelques années plus tard, son fils Cédric à son endroit.

On ignore souvent, encore aujourd'hui, le grand nombre de soldats issus de familles comportant elles-mêmes des militaires, et particulièrement le père. Un rapport du ministère de la Défense établissait il y a une dizaine d'années que deux militaires sur dix avaient un père qui était ou avait été militaire. Parmi ces derniers, on comptait vingt pour cent d'officiers, deux tiers de sous-officiers et quinze pour cent de soldats du rang. On le voit, cette filiation est très importante et joue à des niveaux hiérarchiques variés, y compris au sommet. Les exemples sont foison aux États-Unis, avec la dynastie des Mahan par exemple, dont le père, Dennis, professeur à West Point, forma la quasi-totalité des généraux de la guerre de Sécession, toutes armées confondues, et dont Alfred, le fils, se révéla un très grand amiral. Plus près de nous, on connaît l'histoire extraordinaire de John McCain, fils et petit-fils d'amiral devenu pilote de l'aéronavale avant de se lancer dans la politique. Mais l'armée française n'est pas avare non plus de ces exemples de transmission familiale, entre générations ou au sein d'une fratrie. Quand on connaît la culture militaire d'Arnaud et son intérêt conjoint pour les hommes et les organigrammes, il semble assez évident qu'il ne pouvait ignorer que le général André Lanata, chef d'état-major de l'armée de l'air de septembre 2015 à août 2018, était le fils du général Vincent Lanata, également chef d'état-major de l'armée de l'air entre 1991 et 1994. Ni que le général François Lecointre, chef d'état-major des armées depuis juillet 2017, était le digne rejeton d'Yves Urbain Marie Lecointre, capitaine de frégate, et le neveu de Patrick Lecointre, vice-amiral d'escadre et ancien commandant de la Force d'action navale.

Pour Arnaud, nul doute que noblesse obligeait. Pas la noblesse des gens bien nés, héréditaire, pas la noblesse de robe, pas celle de l'uniforme que l'on vous colle sur les épaules. Mais celle des conflits, des combats, du courage de ceux qui vous ont précédé. Des larmes versées. La vraie noblesse du sang, celle de vos parents. Et c'est pourquoi il devait préserver la place de son père dans cet arbre généalogique où entonner à trois, Georges, Jean-François et lui, ces airs qui les avaient tous marqués.

Je n'oublierai jamais notre dernier jour à Chalo avec Jean-François, se souvient Cédric. C'était un dimanche, et comme chaque dimanche soir, il devait raccompagner Arnaud au lycée. Notre mère avait quitté la maison un mois et demi plus tôt car la situation devenait trop dangereuse pour elle. Nous savions où elle avait posé sa valise, mais elle se cachait de son mari. Je l'avais appelée la veille d'une compétition de taekwondo. Mon père refusait de m'y accompagner et j'avais besoin de l'aide de ma mère. J'ai dû avaler devant lui le bout de papier où était inscrit le numéro de téléphone, parce qu'il essayait de le récupérer.

Quelques semaines plus tard, nous étions à court de vêtements, j'avais pris l'initiative de lancer une machine à laver et je m'étais trompé de programme. Je devais tout essorer à la main, et nous pataugions dans l'eau. J'étais en train d'éponger quand il est arrivé en hurlant et en m'insultant. Je lui ai tenu tête et je lui ai lancé qu'il avait une femme et des enfants formidables, et qu'il avait tout gâché :

« Pour moi, tu es l'archétype du mec qui a raté sa vie.

— On verra, on verra. »

Je pense qu'Arnaud, dans la chambre du bas, n'a rien entendu de nos cris, puis de ses hurlements redoublés. Quand Jean-François est reparti avec lui pour Saint-Cyr, comme d'habitude, j'ai expliqué à Damien que nous devions rassembler nos affaires en urgence. J'ai appelé notre mère pour qu'elle vienne nous chercher. Elle s'est garée plus loin, dans les champs. Elle n'avait pas emprunté la route principale, de peur de croiser notre père.

Dans la voiture, je me suis écroulé. Arnaud, lui, n'avait rien vu de ce qui venait de se passer. Quant à Damien, qui avait 11 ans, il avait compris que ce n'était pas une bagarre supplémentaire. L'ancien monde venait de disparaître. Le premier Noël après la séparation, notre grand frère nous a demandé ce que nous allions faire. Il n'avait pas compris que la situation était irrémédiable et nous avons dû lui expliquer : « Tu sais, c'est fini. On n'y retournera plus. »

Je prenais conscience que j'avais sacrifié toute mon adolescence, dans un véritable scénario catastrophe. À Saclas, chez Daniel, le nouveau compagnon de notre mère, il m'a fallu un an pour remonter la pente, retrouver ma joie de vivre. J'avais raté mon bac. Puis j'ai repris goût au travail. Mon bac, cette fois-ci de justesse. Maîtrise mention bien. Mastère spécialisé ENSAM, et tout est reparti. J'avais le goût de l'effort et de la nature, une mère et des frères formidables. J'ai su rebondir. Sans oublier les vertus du taekwondo, que mon ami Sébastien m'avait fait découvrir. Il a été mon rempart et les compétitions m'ont permis d'exorciser mes mauvais démons.

Bien plus tard, devant un médecin avec qui j'évoquais la figure de mon père, j'ai soudain été envahi par des sanglots et saisi de tremblements. Sa mort a été pour moi un soulagement. Seule contrepartie bénéfique : je ne peux supporter qu'on élève la voix sur mon fils, fût-ce ma femme ou mes beaux-parents. Et je ne parle pas de ceux qui s'aviseraient de lui administrer une « petite » tape en témoignage d'affection, puisqu'il paraît que « qui aime bien, châtie bien ». Sans nul doute, à la lumière de notre expérience, que beaucoup d'enfants et de femmes ont partagée, l'un des plus stupides et cruels clichés de toute l'histoire des phrases toutes faites.

Notre père est resté à Chalo, dont il avait l'usufruit, refusant de vendre la maison, afin d'exercer un contrôle ou d'entretenir un lien pervers avec nous. Damien n'a jamais oublié qu'un notaire qui avait déjà été aux prises avec lui avait alerté notre mère en amont. Pour lui, Jean-François était un fou dangereux, capable d'abattre sa femme ou d'incendier la maison avec ses enfants. D'ailleurs, lui aussi avait été menacé, poursuivi, peut-être frappé par Jean-François.

Le jugement de divorce obligeait Damien à le voir chaque semaine. Mais, dès ses 14 ans, il a tout fait pour couper court à ses obligations et raccourcir ses visites. Il n'y allait plus que pour ses chiens et ses copains. Cinq heures chaque samedi, de 14 à 19 heures, pas une minute de plus. Arnaud, lui, continuait d'expliquer que c'était dommage et que c'était quand même notre père.

À chaque fois, nous nous disputions, se remémore Damien. Un jour où je n'en pouvais plus, je lui ai répondu qu'il n'avait rien à dire parce qu'il n'avait pas vécu les mêmes choses que nous. Il s'est interrompu, a réfléchi quelques secondes, avant de répondre : « Oui, c'est vrai, je n'ai pas vécu les mêmes choses que vous. » Puis il s'est excusé et nous n'en avons plus parlé. Et vers 15 ans, j'ai décidé de sécher aussi les samedis après-midi. Notre relation était devenue si toxique, notre père si hanté par ses démons que j'ai compris que je devais absolument me protéger en coupant les ponts.

Après mon accident de vélo, en 2003, mon père m'a rendu visite à l'hôpital. Je ne voulais pas le voir et Arnaud a fait barrage, à ma demande. Je crois que c'est ce jour-là, dans la pizzeria où il l'avait emmené déjeuner, que notre frère a commencé sa tentative de réinsertion, voire, tant la dimension morale était primordiale, de réhabilitation. Comme on exige des détenus des prisons suédoises de gagner leur libération anticipée en passant la serpillière sur le lino des couloirs. Il m'a raconté qu'il avait commandé une pizza et que, une heure plus tard, il n'y avait pas touché, tant il était occupé à pousser Jean-François dans ses retranchements, à lui faire avouer ses fautes. « Tu as fait du mal à notre famille, tu dois te racheter. » Notre père feignait évidemment l'amnésie. Je dois reconnaître à Arnaud de s'être obstiné. « C'est faux, Damien m'a raconté cet épisode, Cédric aussi, et maman a confirmé. » Il ne l'a pas lâché et il nous a affirmé qu'à la fin, au bout d'une heure et demie d'interrogatoire serré, Jean-François avait recouvré partiellement la mémoire. C'est pour continuer ce travail qu'il est parti marcher à plusieurs reprises avec notre père, notamment pour le Tour de Bretagne, le Tro Breiz. Ces randonnées se sont poursuivies de 2004 à 2016. Arnaud voulait lui rappeler ce qu'il avait fait, et lui arracher une prise de conscience. Mais ces longues marches empruntant des routes de pèlerinage n'avaient pas pour lui de dimension religieuse. Il espérait simplement que tous ces symboles ancestraux pourraient le toucher.

Nous avons déjà parlé longuement de l'ambivalence permanente de notre aîné. Il voulait que notre père avoue ses forfaits, il voulait avant tout que nous lui pardonnions et reconstituer une famille dissoute, même sous des toits différents. C'est pourquoi il travaillait son père au corps, parce qu'il avait compris que, sans aveux ni contrition, cette réintégration n'aurait jamais lieu. Même avec d'ailleurs, ce qu'il a sans doute toujours minoré.

Au début donc, il semblait muré dans ses certitudes. Il est vrai que, de nous trois, il avait vécu le plus grand nombre de bons moments avec son père, très fier en outre de son militaire de fils. Oui, un divorce donc, mais aux torts partagés. Car notre père, nous expliquait-il, n'avait jamais touché à notre mère. Jean-François lui avait juré qu'il en était incapable. Puis, confronté à un épisode extrême, comme ce jour où notre père s'en était pris violemment à Nicolle à quelques mètres de la table de ping-pong où nous jouions tous les deux. Sans qu'il s'en avise. Il cherchait encore à s'assurer des faits et à atténuer la responsabilité du coupable.

Arnaud a fini par reconstituer le puzzle, mais jamais complètement. Jamais comme une certitude absolue qu'il aurait enfin faite sienne. Sans doute est-ce la raison pour laquelle il n'a cessé d'osciller au sujet de Jean-François. Il n'excusait rien, disait-il, mais voulait seulement comprendre. Cette ambition était sans intérêt à nos yeux, et de toute façon rigoureusement impossible. D'ailleurs, comme le révèlent ses mails, lui-même pouvait affirmer avec force, parfois, que son père avait changé mais, le lendemain, se rendre à l'évidence qu'il n'en était rien, dans un moment d'exaspération aiguë. Arnaud avait tenu à l'inviter à son mariage civil, charité chrétienne oblige. D'ailleurs, n'avait-il pas entrepris de la même façon de rapprocher Marielle de certains de ses parents, qu'elle ne voyait plus guère ? Nous avions dû convenir en tout cas que Jean-François avait réussi à faire illusion au cours de ces heures de fête.

Rien à voir avec son attitude chez le notaire, un jour où nous étions sur le point de vendre enfin la maison de Chalo. Cédric était revenu de Dubaï pour la circonstance, tout était en ordre, la proposition acceptable, ne restait plus qu'à signer. Quand, soudain, notre père commence à expliquer à nos acheteurs que la décharge toute proche de la maison est radioactive. Nous étions tout prêts à reconnaître qu'elle n'était pas un jardin de roses ou un terrain de jeu pour enfants, mais nous étions sûrs qu'aucun déchet d'origine nucléaire n'y était entreposé. La réunion est devenue mouvementée. Nos acquéreurs étaient d'autant plus stupéfaits qu'ils n'avaient eu pour seul interlocuteur, tout au long des négociations, que Jean-François. Qui n'avait évidemment jamais évoqué ce risque majeur. Avant le début de la réunion, Arnaud avait d'ailleurs réussi à échanger quelques mots avec eux, leur expliquant que la vente de Chalo était un projet ancien mais compliqué par notre père, qui squattait la maison. Au cours de la discussion, Cédric a posé sa main sur l'épaule de Jean-François : « Du calme, papa. » Il l'a toisé en lui répondant : « Jeune homme, je ne vous permets pas. » Cédric l'a retrouvé après le rendez-vous, il était en train de fumer dans la rue en souriant. Son fils l'a traité de « taré » et il est parti. Jean-François a été condamné à verser aux acheteurs un dédommagement significatif. Heureusement, notre mère a pu y échapper.

Notre frère, se souvient Cédric, lorsqu'il était à court d'arguments, expliquait toutes les erreurs de notre père par ses problèmes psychiques, même s'il disait ne rien vouloir justifier. Croyait-il véritablement à cette folie ? Oui, sans doute, comme Luke Skywalker peut croire à celle de Dark Vador, son père, héros tourmenté et maléfique auquel il ne peut retirer complètement sa confiance. Pour Arnaud aussi, il y avait encore du bon en Dark Vador. Il n'a en tout cas jamais cessé de voir Jean-François et il a fallu du temps pour que nous arrivions à en parler sans crispations réciproques. Lui parce qu'il nous trouvait excessifs, trop peu charitables, et nous parce que nous lui reprochions son refus d'ouvrir les yeux et de nous faire confiance. Nos randonnées et nos courses en montagne nous ont aussi permis de lui raconter ce qu'il avait manqué. Mais, à nouveau, il pouvait nous expliquer qu'il avait essayé de parler avec notre père, de lui faire avouer ses turpitudes, mais que Jean-François s'était mis à hurler dans une crise. Puis, dans un autre message, nous affirmer qu'il était quand même sur la bonne voie et s'irriter de nos réponses catégoriques. Au fond, il se sentait investi de deux missions, au-delà de la personne du père : savoir capter la lumière diaphane qui nimbe même le plus grand pécheur. Tel, au début des *Misérables*, le pari de monseigneur Myriel, évêque de Digne, sur le rachat de Jean Valjean, alors bagnard en rupture de ban et en apparence fort dangereux. Enfin, lui dont le visage, celui des Beltrame, faisait souvent penser notre mère à son mari, voulait à tout prix préserver l'honneur de son nom. Comme pour dessiner un arbre généalogique dont personne ne serait exclu, sans noms barrés ou photographies caviardées.

21 octobre 2009, 8:47 PM

Salut Cédric !

[...]

Je compte voir Jean-François en novembre. Je n'ai pas encore pris ma décision mais je pense le voir seul à Chalo. J'ai eu Ada, elle aussi vient de couper les ponts avec lui. C'est vraiment un grand malade.

L'objet de ma démarche est de pouvoir me confronter à lui pour lui dire ce que je pense de lui en vérité. Je n'attends pas grand-chose de sa part, mais ce sera plutôt une affirmation de la mienne.

À bientôt de tes nouvelles !

Arnaud

16 novembre 2009, 6:13 PM

[...] Cédric,

quant à JF, nous sommes en présence d'un fou. Je n'ai pas réussi à prendre contact et avoir un discours rationnel avec lui. Il a hurlé tout seul pendant quatre heures !

J'espère que tout va bien pour toi !

18 novembre 2011, 9:13 PM

Salut Cédric.

Papa continue sa transformation.

Il semble avoir ouvert les yeux et a totalement changé pour l'instant (je reste vigilant).

Il a travaillé à la maison d'Avranches et ça va,

même s'il parle tout le temps (mais je ne me gêne pas pour lui dire d'arrêter).

[...]

Arnaud.

19 décembre 2011, 9:19 PM

Salut frangin !

Je suis ton témoin ou pas ? Quel sera mon rôle ? Je veux faire honneur à mon frère !

Pour Papa il n'y aura aucun problème, il se tiendra bien. [...]

Il faut que tu saches si toi ça te fait plaisir. [...] Pour le reste il continue sa voie vers la rédemption.

Arnaud

14 août 2014, 7:13 PM

Salut Cédric, salut Damien !

[...] Pendant la marche, papa n'a fait aucune allusion négative à Chalo, ni à personne. Il a seulement demandé des nouvelles de vous, je n'en ai pas donné.

Chacun est libre de faire ce qu'il veut.

Pour ma part, et ça reste personnel, je reste intimement persuadé que le dénouement est aussi affaire de compréhension au-delà du matériel et que c'est surtout pour ça que c'est une réussite. J'ai dit ce que j'avais à dire à Papa et il a déjà reconnu certaines choses qui me semblaient inatteignables quelques années auparavant. Bien sûr il restera à moitié (ou plus !) fou, c'est une criante réalité, mais je pense qu'il est intéressant pour toute la famille qu'il se soit aperçu de certaines de ses actions et qu'il ait demandé pardon à maman.

Chacun est libre de ses choix, pour ma part, je lui ai offert une partie du pèlerinage, et après avoir sorti mon bâton (je vous raconterai si vous voulez encore un épisode assez fameux !) le lendemain du pèlerinage, je lui ai offert un équipement pour marcher.

Je ne sais pas si je continuerai le chemin de St Jacques avec lui (il a déjà failli s'arrêter), ce n'est pas le principal. L'essentiel pour moi, c'est de cheminer avec lui si ça me convient, si je trouve que ça a un sens. Pour l'instant c'est le cas.

Ce qui est important, c'est de se souvenir qu'au final en 2014 les actions et les personnes ne sont plus tout à fait les mêmes qu'en 2007 ou en 1990.

Il me semble que je vais continuer dans cette direction, et si les personnes et les actes autour de moi peuvent continuer à s'améliorer c'est bien. [...]

Arnaud.

24 septembre 2016, 8:57 PM

Bonjour à tous.

Voici les éléments relatifs à la disparition de papa, j'ai essayé d'avoir le maximum d'éléments confirmés afin de vous donner du concret.

I/ Les faits

- Le 12 août j'ai un appel de la Capitainerie me disant qu'ils ont trouvé le comportement de Papa très étrange, il aurait perdu l'ouïe, se dit atteint d'une tumeur au cerveau.
- Le même jour j'appelle papa, répondeur indiquant qu'il n'entend plus et qu'il faut lui envoyer des SMS.
- Le 16 août, appel d'Ada qui se dit inquiète du départ en mer de Papa le même jour, car il est venu la voir vers le 12-13 août avec des cartons d'archives et en lui demandant de s'occuper de lui. Il boite car il a été opéré d'un sarcome à la jambe l'an dernier et il n'entend plus.
- Je décide de déclencher une procédure Gendarmerie « disparition inquiétante » dès l'appel d'Ada le 16 août. Le portable de Papa est géolocalisé vers 11 h 30 à 4 kilomètres du port, en mer, ce qui confirme son départ.
- La gendarmerie prend l'enquête en main et tout est fait pour le localiser : avion des douanes, CROSSMED, bateaux de gendarmeries etc. À ce moment je pense qu'il est parti faire un tour mais, vu son état de santé confirmé par Ada, je déclenche la procédure.
- Vers le 19 août Marielle reçoit une carte à la réserve africaine : j'ai perdu l'ouïe, ce n'est pas terrible, faudra faire avec, bises, JF.
- Fin août, son bateau est localisé échoué sur un

banc de sable, à Beauduc, dans le Gard il me semble. Vide, avec sa carte d'identité et son carnet de chèques. La gendarmerie garde le bateau pour l'enquête.

- Tous les actes d'enquêtes sont faits en liaison avec Ada : perquisition, fouille de la Dacia, interrogations des amis, Capitainerie, etc.
- Le 13 septembre je suis informé par la gendarmerie que l'enquête s'oriente vers une disparition en mer.

Le 22 septembre, après bien des péripéties je demande aux gendarmes-marins de chez moi d'essayer de trouver une solution pour récupérer le bateau qui est isolé sur un banc de sable.

[…]

À votre disposition pour informations complémentaires si je peux !

Bonne journée à tous

Bisous

Arnaud

6 mars 2018, 1:39 AM

Salut à tous,

Le corps de papa a été retrouvé (16 février) pas loin du bateau, dans la zone de Beauduc (Bouches du Rhône). Le corps vient d'être identifié aujourd'hui comme étant celui de papa.

Le permis de crémation a été délivré cette après-midi.

Les différentes démarches administratives mettront quelques jours et la crémation pourrait avoir lieu la semaine prochaine au Grau du Roi. La date reste à déterminer.

La crémation est conforme à ce qui se fait dans la famille (Papy, Mamie, Eric). Papa n'a pas laissé de directives particulières. Le Grau du Roi est l'endroit où il avait tous ses amis.

Je propose une courte cérémonie au crématorium avec l'aumônier militaire du Grau du Roi qui est contacté par les pompes funèbres (trente minutes de cérémonie). Puis l'urne sera remise à la famille. Nous pourrions disperser les cendres dans le terrain d'Ada (La Capitelle), où se trouvent déjà les cendres d'Eric.

Avec Ada nous nous occupons des démarches administratives.

Merci de m'indiquer si vous avez des remarques, des propositions et quelles sont vos disponibilités pour la cérémonie d'adieu.

Bonne soirée à tous.

Arnaud.

12 mars 2018, 11:11 PM

Bonjour à tous,

La crémation aura lieu le vendredi 16 mars selon le déroulé suivant :

— 09 H 30 : cérémonie religieuse en l'église du Grau du Roi. Célébration par l'Aumônier de la

Gendarmerie. Présence de la famille, des amis et d'un détachement de gendarmerie.

— 10 H 30 : fin de la cérémonie religieuse

— 11 H 00 : départ pour le crématorium de Nîmes

— 12 H 00 : arrivée au crématorium et début de la cérémonie de crémation

— 12 H 30 : fin de la cérémonie de crémation et retour sur Caveirac

— 17 H 00 : remise de l'urne funéraire à Caveirac

— 17 H 30 : dispersion des cendres sur le terrain d'Ada (La Capitelle)

— 18 H 00 : retour dans les foyers

Les parents de Marielle feront le déplacement depuis Lille pour assister à la cérémonie.

Un détachement de Gendarmes sera présent lors de la cérémonie, ils feront déposer une couronne de fleurs.

[...]

Bonne fin d'après-midi à tous,

Bises,

Arnaud

Nous avons décliné l'invitation, se souvient Damien. Pour Cédric, un déplacement express depuis Singapour était compliqué. Quant à moi, j'avais fait à Arnaud une proposition plus modeste, conforme à la vérité des sentiments : « On procède à la crémation, on disperse les cendres, tu fais un discours si tu veux. » Il avait refusé. Avec cette cérémonie disproportionnée, il avait en tout cas tranché, et pas seulement pour lui, puisqu'elle s'était déroulée aux yeux du monde : *exit* le fou furieux, effacée l'histoire. Arnaud avait certes prononcé un discours balancé, mais Jean-François venait de réintégrer solennellement la belle histoire des Beltrame. Il avait retrouvé sa branche dans notre arbre.

Mon seul regret : n'avoir pu voir mon frère une dernière fois à cette occasion. Notre satisfaction : que sa mort ait été ce que notre père avait réussi de plus digne.

Arnaud avait invité son père à son mariage, le 9 juin. Ce qui ne laisse pas de me surprendre et de m'amuser, c'est de savoir qu'en plein psychodrame, alors qu'il organisait ce majestueux adieu à son géniteur, il nous envoyait aussi des mails très enjoués sur les animations à préparer pour animer ses noces ou sur les déguisements des enfants. Nous étions convenus par exemple qu'Olivia, ma fille, serait habillée en pirate. Le souci du père ne lui faisait pas oublier ses obligations à l'égard de ses frères, de tous ses frères.

Et j'aimerais penser que c'est parce qu'il était en fait si soucieux de nous, ses deux frères, qu'il a voulu défendre ainsi un père, son père, sans lequel il n'aurait pas eu de frères.

CONCLUSION

Deux ou trois pierres blanches

Longtemps, nous avons attendu avec impatience l'enquête ouverte sur la prise d'otages et sur la mort d'Arnaud. Nous ne redoutions pas de découvrir que, pendant les trois heures passées avec le djihadiste, il avait peut-être regretté, demandé pardon à Marielle ou récité une prière. Nous étions sûrs qu'il avait tenu bon jusqu'au bout. Nous voulions comprendre l'enchaînement des faits, espérions que les balles l'avaient touché à distance, alors qu'il tentait quelque chose, et que la blessure à la gorge résultait bien d'un combat.

Tout cela, le dossier d'instruction nous l'a confirmé. Et c'était l'essentiel pour nous. Le reste, comme par exemple les complicités dont a bénéficié le terroriste, ne nous intéresse pas. Nous sommes représentés par un avocat parce que sa présence est nécessaire devant les juges, mais nous n'avons pas l'intention de multiplier les plaintes afin de faire toute la lumière sur le 23 mars 2018. Si l'assassin d'Arnaud était vivant et qu'il se félicitait chaque jour de son acte, notre état d'esprit serait différent. Mais l'assassin a été tué pendant l'assaut.

Je n'éprouve pas vraiment de haine, dit Damien. Je sais que cette absence de sentiment violent passe souvent pour une posture. Mais je suis persuadé que la haine entraîne la haine. Je ne pense jamais au terroriste, sauf quand les médias répètent son nom à longueur de colonnes, comme si ce patronyme garantissait à leurs papiers un surcroît de réalisme ou de vérité. Ce nom, il est d'ailleurs totalement et délibérément absent de notre livre. Parce que je pense exactement le contraire : le combat contre le terrorisme commence par le maintien obstiné dans l'anonymat des bourreaux de Daech, qu'ils soient vivants ou morts. Le nom agrège toujours un petit groupe d'admirateurs, voire d'adeptes. Il est plus difficile en revanche de devenir le disciple d'un sans-nom. On m'objectera qu'à Guantanamo, le premier cercle de la déshumanisation auquel étaient astreints les prisonniers était bien l'effacement de leurs noms et prénoms, de même que le port imposé du célèbre uniforme orange. Ces décisions me paraissent pourtant opportunes. Il n'existe pas de groupuscule autogéré, pas d'organisation capable de se passer d'un leader charismatique, ou même d'un chef minuscule, lui-même sous-fifre obligé du premier, et ainsi de suite. Couper les filets jetés par les noms et par les « faits d'armes » associés à ces patronymes, c'est appauvrir le stock de pseudo-héros des admirateurs de ces lâches. Je me battrai toujours contre la presse à ce sujet.

Je suis persuadé qu'en d'autres circonstances Arnaud et son tueur auraient pu nouer une discussion, et cette discussion se prolonger par d'autres. Sans doute l'a-t-il tenté, d'ailleurs, sans doute a-t-il tenté de parler de sujets supposés leur tenir à cœur, comme la foi ou la famille. Force est de constater que les parents de victimes sont rarement haineux. Ils savent bien que rien ne pourra ressusciter leurs morts. Je partage aussi cette conviction à propos de la petite amie du djihadiste, qui a justifié son acte avec l'habituelle outrance des radicalisés. En fait, je suis certain que cette convertie de 20 ans a épousé cette cause sans y adhérer profondément et elle aurait pu, tout aussi bien, se dévouer à d'autres causes. Comment éprouver de la haine, ou même simplement du dégoût, pour un être aussi fruste et flou ? Au cinéma, j'adore les méchants qui obéissent à des motifs impérieux, ou à une addiction. Elle apparaît, tout simplement, comme stupide.

J'ai décoré une petite étagère aux couleurs d'Arnaud, avec la figurine d'un templier en armure. Son insigne d'officier de blindés, quand il était à Satory. Une des biographies qui lui ont été consacrées, pour la photographie de couverture. Mais cette étagère, je l'ai installée en hauteur. Très haut même. À 2,5 mètres du sol. Je veux avoir mon frère avec moi, mais à bonne distance. La trop grande proximité avec un héros peut être paralysante. Si je veux voir son étagère, je dois lever les yeux. Ce qui est aussi la juste altitude pour ce mémorial fraternel. J'ai ainsi fait d'une pierre deux coups. Me reste encore à trouver l'emplacement idéal pour exposer sans son fourreau le sabre gravé à son nom. J'ai également gardé sa matraque télescopique, avec laquelle nous testions des techniques de krav, un des coffres qui lui vient de Jean, le frère de notre mère et son parrain, et, à l'intérieur, une photo de Bigeard et d'Arnaud. J'ai toujours apprécié le côté guerrier de notre frère, mais, sur l'étagère, j'ajouterai aussi plus tard une photo où il rigole, ou s'amuse. Enfin, le 9 juin 2018, j'ai récupéré son VTT. Depuis, je m'en sers beaucoup, alors qu'après mon accident en 2003, j'avais quasiment renoncé à ce mode de transport. J'oublie souvent qu'il s'agit de son vélo, d'autres fois il roule avec moi et je suis heureux. Cette présence n'est jamais écrasante. L'image d'Arnaud flotte, légère, et son VTT est resté un vélo, il n'est pas devenu une relique impropre au quotidien.

À Maisons-Alfort, j'ai décidé aussi de planter un arbre. Mais pas dans le parc situé en bas de chez moi. Comme pour l'étagère, pas question de l'avoir sous mes fenêtres en permanence. Ce marronnier poussera donc à côté d'une croix de Lorraine, dans le square éponyme. Depuis cette cérémonie municipale, en novembre 2018, je suis peut-être un peu plus connu de mes concitoyens, mais là n'est pas le but. Ce que je souhaite, c'est de l'être pour mes propres réalisations.

J'ai choisi un cadre à usage familial, conclut Cédric, qui comporte deux niches : dans la première, j'ai placé une photo de Damien, Audrey et Olivia. La seconde attend encore Arnaud : je choisirai probablement une de nos photos d'enfance. Pas une image du militaire, mais du frère, à côté de moi. Je suis aussi l'héritier de son passeport et de son exemplaire du *Petit Prince*.

Pendant la cérémonie aux Invalides, nous avons été obligés de nous tenir sans cesse à la hauteur d'Arnaud. Nous n'allions pas nous écrouler en public, pleurer en mondovision. Nous sentions d'ailleurs que les regards portés sur nous étaient doubles, qu'ils ne nous étaient pas vraiment destinés. On observait une famille touchée par le deuil, mais pas n'importe quelle famille, comme si la grandeur de notre frère avait nécessairement laissé sa marque sur ses héritiers, qu'il était visible à travers nous. C'est pourquoi nous avons tellement apprécié qu'Emmanuel Macron nous demande, avec un intérêt sincère, ce que nous faisions. Car, ce jour-là, nous n'étions que les frères d'Arnaud. Comme les parents d'une célébrité, nous avions pour seul intérêt d'avoir connu la star, d'être une mine d'anecdotes. Bien sûr, pour ses frères, Arnaud a mis la barre très haut.

Nous en avons parlé avec le Président, juste après l'avoir remercié pour son discours. « Non, ne vous résumez pas à cela », nous a-t-il répondu. Nous avons eu cette même discussion avec nos cousins. Nous voulions leur rappeler que nous n'avons ni part ni mérite dans ce qui est arrivé.

C'est une des raisons d'être de ce livre. Ne plus se contenter de raconter pour la énième fois ce qui s'est passé. Mais faire vivre Arnaud autrement dans la vie de nos lecteurs, comme pour leur dire : « Vous savez tous ce qu'a fait notre frère. Inutile de revenir dessus. Ou plutôt, si, mais de la façon suivante : Arnaud aimait tout particulièrement qu'on respecte un engagement, et c'est ce que vous devez essayer de faire. Il appréciait aussi qu'on dénoue les conflits par la parole : vous allez réussir. »

Nous connaissions un peu notre animal de frère, et nous sommes certains qu'il nous aurait approuvés. Ce livre n'est donc pas une leçon de patriotisme ou un manuel de courage, car ni l'un ni l'autre ne s'apprennent lors de cours magistraux et à l'issue de démonstrations rationnelles. Patriotisme et courage sont affaire d'exemples, c'est pourquoi notre texte n'est, au fond, rien d'autre qu'un recueil de certains de ces exemples à destination des Français, et notamment des plus jeunes. Une manière d'anthologie des gestes et des paroles d'Arnaud Beltrame, de son enfance à sa mort. Un florilège inédit qui donne à penser et qui incite à agir, jamais à imiter, à reproduire sans comprendre ce qui s'est joué à Trèbes. Si notre frère avait succombé à un accident de voiture ou à une longue maladie, sa mort ne serait qu'une statistique de plus et son probable stoïcisme n'aurait suscité l'admiration que de sa famille. Mais le 23 mars 2018 est une statistique à soi seul. Plus exactement, cet événement hors statistiques est le legs d'Arnaud aux Français. Un legs qu'il nous appartient de faire fructifier mais qui nous oblige à son égard. Nous préférerions mille fois que cet événement n'ait jamais eu lieu et que le testament symbolique de notre frangin ne soit encore qu'une page blanche, ou quelques conseils à ses proches. Mais puisque l'irrémédiable est advenu, s'il a suscité une vocation, rien qu'une seule, et si cette vocation, un jour, sauve une autre vie, alors nous sommes apaisés.

Remerciements

À notre frère Arnaud, pour son acte héroïque,

À sa femme, Marielle, pour l'avoir accompagné à chaque instant, jusqu'à sa mise en terre,

À notre mère Nicolle, pour son courage exceptionnel et son message de paix et d'amour,

À notre famille, soudée et unie,

À nos compagnes, Audrey et Cynthia, qui nous ont soutenus de tout leur amour durant cette épreuve,

À nos enfants, Olivia et Zayne-Arthur,

Aux amis, à ceux d'Arnaud et aux nôtres,

À la Gendarmerie nationale,

Aux hommes et femmes qui nous protègent quotidiennement,

À la DGGN, à Claire Forgues et à la caserne de Lavalette, toujours si disponibles,

Au colonel Gay et à son épouse, à Stéphanie Cazajous et à Marjorie Cousyn,

Au président de la République, pour l'hommage

national à Arnaud et pour le discours où il nous l'a rendu un moment,

À Emmanuel et à Brigitte Macron, pour leur humanité et leur sincérité dans ce moment difficile,

À tous les représentants de l'État et du gouvernement qui nous ont honorés de leur présence durant la cérémonie aux Invalides,

Au ministre de l'Intérieur, Gérard Collomb, avec nous à Vélizy-Villacoublay, aux Invalides et à Carcassonne,

À la garde des Sceaux, Nicole Belloubet, pour son soutien aux Invalides et Carcassonne,

À tous les officiers, sous-officiers, soldats, gendarmes, pompiers, policiers qui ont contribué aux cérémonies,

Au préfet de l'Aude, Alain Thirion,

À l'ambassadeur et au consul de France à Singapour, Marc Abensour et Hugues Nagy,

Aux mairies de Ferrals-les-Corbières, de Carcassonne, de Trédion, de Chalo-Saint-Mars et de Maisons-Alfort,

À toutes les municipalités qui ont baptisé un lieu ou un bâtiment du nom d'Arnaud Beltrame,

Aux médias français et internationaux qui ont salué son courage,

Aux milliers d'inconnus qui nous ont envoyé des messages de soutien, à tous les anonymes qui ont déposé des hommages dans les gendarmeries,

Aux représentants de l'Église pour la cérémonie religieuse en la cathédrale de Carcassonne, et tout particulièrement au père Jean-Baptiste,

Aux Frères maçons d'Arnaud,

À notre avocat, Thibault de Montbrial, pour son engagement à nos côtés,

À Air France-KLM, et notamment à Nicolas Ricard,

Aux éditions Grasset, particulièrement à Olivier Nora, pour nous avoir accueillis avec un enthousiasme qui ne s'est jamais démenti, et à Marc Grinsztajn, pour nous avoir convaincus d'écrire ce livre et pour avoir trouvé les mots justes en nous aidant à le rédiger.

Composition et mise en pages
Nord Compo à Villeneuve-d'Ascq

Cet ouvrage a été imprimé en France
par CPI
en décembre 2018

PAPIER À BASE DE FIBRES CERTIFIÉES

Grasset s'engage pour l'environnement en réduisant l'empreinte carbone de ses livres. Celle de cet exemplaire est de
250 g éq. CO_2
Rendez-vous sur www.grasset-durable.fr

N° d'édition : 20767 - N° d'impression : 3031863
Dépôt légal : janvier 2019